INK INK INK INK INK INK
INK INK INK INK INK INK INK
INK INK INK INK INK INK
INK INK INK INK INK INK INK
INK INK INK INK INK INK
INK INK INK INK INK INK INK
INK INK INK INK INK INK
INK INK INK INK INK INK INK
INK INK INK INK INK INK
INK INK INK INK INK INK INK
INK INK INK INK INK INK
INK INK INK INK INK INK INK
INK INK INK INK INK INK
INK INK INK INK INK INK INK
INK INK INK INK INK INK
INK INK INK INK INK INK INK
INK INK INK INK INK INK
INK INK INK INK INK INK INK
INK INK INK INK INK INK
INK INK INK INK INK INK INK
INK INK INK INK INK INK
INK INK INK INK INK INK INK
INK INK INK INK INK INK
INK INK INK INK INK INK INK
INK INK INK INK INK INK
INK INK INK INK INK INK INK
INK INK INK INK INK INK

INK

文學叢書

074

紅色客家庄

藍博洲◎著

目次

大河底的政治風暴

苗栗縣三灣鄉大河村，舊名大河底。在地理位置上，它處在發源於神桌山（762M）的中港溪支流──南港溪上游北岸的橫谷內。據文獻所載，粵籍移民張大滿最早於清嘉慶二十年（一八一五年）墾闢這個地區；由於聚落緊鄰南港溪流弧突出處，而其背後高處又有一座大埤塘，從北向南俯視，聚落就在下方溪谷底，所以名爲「大河底」。

清同治二年（一八六三年），金萬成墾號創辦於苗栗縣三灣鄉，館址設於今慈天宮。所謂墾號，是一種合股經營土地開發的組織；它的合股人數沒有一定，公推一人當墾首，向官方申請墾照，取得開發土地的合法資格，然後所有合股人再按照股份多寡分配土地。清光緒二年（一八七六年），「金萬成」墾號的大墾戶黃南球①，就從大河底往南，繼續開展他的拓墾事業。

一九四九年八月底，五〇年代白色恐怖從基隆中學拉開序幕之後，一場政治大風暴隨即撲向全省各地；客家籍人聚族而居，民風淳樸的大河底，也遭到了「清鄉」的肅清，村中的成年男子幾乎無一倖免，或者流亡山區，或者被捕入獄，乃至命喪台北馬場町刑場。

從此以後，大河底於是成爲一個具有傳奇悲劇性的紅色客家庄。

所謂「大河底小組」

據《安全局機密文件——歷年辦理匪案彙編》第二輯所謂「匪台灣民主自治同盟竹南支部曾文章等叛亂案」所載：

中國共產黨在台灣的地下組織「台灣省工作委員會新竹地委會竹南支部」於一九四八年間建立，由「支部書記」劉雲輝（頭份鎮公所職員）、組織幹事孫阿泉（三灣鄉公所職員）及文化宣傳幹事廖天珠（大河底人，三灣鄉公所職員）三人組成的「上層機構」——又名「支部幹事會」——全權領導，另外還設有負責「武裝工作」（江添進，三灣鄉公所職員）與「直接聯絡」（張南輝）之幹部各一。它的基層機構爲「小組」。「小組」的建立「先從山區著手，逐步向沿海發展」；「以曾被日軍徵召派往海外服役之客籍青年爲吸收對象，並以曾經參加高座海軍之人員爲基幹」；隨即假「台灣民主自治同盟」

之名，在「苗栗縣南庄、三灣、大河底、造橋一帶，客家籍人聚族而居，丘陵起伏，民風淳樸」的地區，展開活動；並且利用客家人尤富團結精神的人和地利條件，在此地區生根發展；先後建立完成「南庄、三灣、大河底、竹南、頭份」等地的各小組。其中「三灣第一小組」之代名爲「櫻第一組」，由孫阿泉兼任領導人；「第二小組」之代名爲「櫻第二組」，由彭南華（大河底人，三灣鄉公所職員）負責，並已發展至獅潭鄉紙湖村一帶。

至於「大河底小組」，當時情治單位已經發現的「匪黨分子」有黃順欽、黃逢開等人。②

幾位倖存者的證言

既然大河底的政治風暴是來自於所謂「台灣省工作委員會新竹地委會竹南支部」的「大河底小組」；而此一「匪黨組織」的發展又源自「支部書記」劉雲輝其人。因此，我們就從劉雲輝個人作爲調查研究的起點，看看大河底在五〇年代的政治風暴是如何形成的？它的實態究竟又是如何？

劉雲輝（1920-），出生於苗栗頭份流水潭的貧窮農家。一九四一年，日本帝國發動太平洋戰爭後，不幸成爲頭份街三個不是志願的日本「志願兵」之一。在台北六張犁志願兵訓練所及步兵第三部隊前後訓練九個月後，被派往蘇門答臘戰地，待了兩年。

戰爭結束後，在巴里島兵站等船回台灣期間，劉雲輝偶然認識了日本某大學畢業，曾任大阪《朝日新聞》記者與勸業銀行台灣支店主任的一等兵保阪和阡。這段期間，保阪君除了向他介紹辯證法，也告訴他蘆溝橋事變其實完全是日本人侵略的眞相。

「我永遠記得保阪君跟我講過的一句話，」劉雲輝說，「他說，當中國變成共產國家的時候，它將會是世界第一強國。……我想，我的階級意識主要是受到他的啓蒙而初步覺醒的。」

二、三個月後，劉雲輝終於輾轉經新加坡，回到台灣。

在基隆上岸以後，劉雲輝首先看到的是相較於日本憲兵威武的形象，儀容實在不像樣的中國憲兵。然後，他又搭乘載貨的火車改裝的火車返鄉。這樣，他就產生了些許失望的心情。回鄉以後，他又陸續聽到許多有關地方接收官員貪污腐敗的官僚作風。……

「這樣那樣的事情，」劉雲輝感慨地說：「於是使我對國民黨所代表的祖國，感到非常失望！」

不久，「二・二八」事件爆發了。事件後，劉雲輝通過家住桃園大園的同年兵林器聰介紹，認識了一個叫做陳聰敏的地下黨人。

「那天，陳聰敏也沒多說什麼，只是留了一本叫做《青年修養》的小冊子給我。」劉雲輝說，「這之後，他就自己一個人定期來找我。他每次都會帶一些學習文件來，先讓我看，然後跟我討論。一段時間之後，他就要吸收我加入組織，推動地方的農民運動。」

後來，劉雲輝才知道陳聰敏的本名叫陳福星。

陳福星是台南人。

據《省立台南第一高級中學（原州立台南第二中學校）校友錄》所載，一九三三年三月畢業於日據下台南二中第七屆。

另據《安全局機密文件——歷年辦理匪案彙編》第二輯所謂「匪重整後『台灣省委』組織『老洪』等叛亂案」所載：

陳福星，化名老洪，日本大學畢業。一九四六年在台南任鳳梨公司第三廠代廠長時，因目擊陳儀主台政治腐敗及接收人員貪污舞弊情形，因而對國民政府不滿，乃思以政治改革爲己任，常與同學李義成（台南二中第六屆）討論政治時事，後經李義成介紹，認識共產黨人李媽兜，再由李媽兜介紹，認識台共省委書記蔡孝乾。一九四六年秋，由蔡孝乾吸收，加入共產黨；同年十一月，奉蔡孝乾命，與李媽兜等成立「台灣省工作委員會台南市工委會」。不久，轉任台南新豐農業學校校長。一九四七年十一月間，因蔡孝乾介紹之該校老師林英傑（廣東人）身分暴露被警察圍捕，於是轉往基隆中學鍾浩東校長處，秘藏三天，再轉桃園中壢義民中學。一九四八年春，奉命領導新竹以北所有黨組織。③

該「機密文件」第二輯所謂「策反台共苗栗殘匪武裝組織劉雲輝等案」又載：劉雲輝於一九四八年四月間由陳福星介紹，參加地下黨組織，擔任「竹南區委書記」；他「所領導之組織，遍及南庄、三灣、大河底等山村，當時正在積極進行建立武裝基地中」。④

「當時，陳福星並沒有向我明說是什麼組織？只暗示說是大陸的革命組織。」劉雲輝說明當時的具體情況。「我毫不猶豫就寫了自傳，交給他。後來，他告訴我，自傳已交給上級，看過後馬上銷燬，絕對不會留下任何線索；要我放心。可他始終沒告訴我，究竟我有沒有通過？但是，他特別提醒我，原則上，不要發生橫的聯繫。我於是按照他所提的組織原則，開始在地方上發展組織。起初，我發展的對象主要是自己的親戚、朋友；只要有思想上比較前進的人，我就去接觸。我首先吸收了同村青年張南輝。」

張南輝（1927-），苗栗頭份流水潭人，佃農。太平洋戰爭發生後，爲了實現到南洋開農場的心願，投入日本帝國主義拓南戰士的行列；從海軍工員幹到陸軍二等兵。可他不但未曾圓滿當初的志願，還飽嘗了民族歧視與壓迫之苦。戰後，倖存的他抱著重建家園的心情，回到故鄉；可現實的政治與社會卻讓他對國民政府的統治失望了。

「一九四九年間，有一天，庄上的優秀青年劉雲輝帶了一個談吐不俗、有智識教養的朋友來找我，閒話家常。」張南輝回憶說：「他留了一本《青年修養》的小書，讓我閱讀。讀過那本小冊子以後，我初步認識了歷史唯物論的世界觀；我也懂得，人欺人的社會現象不過是人類歷史的一股逆流而已，將來，人類必定有足夠的智慧來改造這種不合理的社會現象……。」

張南輝也是後來才知道，那個外地朋友的本名是陳福星。後來，他又讀到諸如《觀察》之類的雜誌，知道大陸上除了國民黨之外，還有一個站在勞動人民立場的共產黨。

「隨著大陸戰局的急轉直下，我對共產黨的主張、口號也就越來越入迷了。」張南輝說：「不久以後，我就寫了自傳，入了黨。」

在《安全局機密文件》中，張南輝是所謂「匪台灣省工委會新竹地委會竹南支部」的「連絡匪幹」，直接連絡指導南庄、三灣、大河底、竹南、頭份等地的「小組」。⑤

「那時候，我才二十一、二歲；」張南輝解釋說：「因為還年輕，群眾不多，也沒有發展什麼人，都是劉雲輝發展了以後交給我。」

劉雲輝說，後來，他又吸收了一名在三灣鄉公所服務的親戚——孫阿泉。然後，通過孫阿泉，發展了鄉公所的同事江添進（1918-1953）和家住大河底的宋松財（1911-2003）。

在《安全局機密文件》中是所謂「匪台灣省工委會新竹地委會竹南支部」「組織幹事」的孫阿泉（1918-1959），已經在多年前過世了。他的妻子張金妹從另一側面見證了她所理解的歷史片段。

「那時候，阿泉在三灣鄉公所上班。」張金妹說：「他時常帶朋友來內灣家裡。他們關在房裡講話，我是一個婦人家，也不去多問什麼。這些來來去去的朋友，我只認識頭份流水潭的劉雲輝、張南輝和大河底的宋財哥。後來，有一個叫做阿春哥的大陸人，常常自己一個人來。」

據查，阿春哥的本名是黎明華（1921-1997）。

《安全局機密文件》載稱：黎明華，廣東梅縣的客家人，一九四二年冬天，參加丘念台領導的抗戰組織——東區服務隊。一九四四年參加中共「東江縱隊」，同年冬入黨，一九四五年十月與組織失卻聯絡。一九四六年冬來台謀職，同年五月至中壢義民中學任教，不久重新恢復組織關係，由張志忠領導。一九四九年冬，參加「匪竹南總支部」，開展竹南地區群眾工作。⑥

張志忠（1910-1954），本名張梗，嘉義新港人。公學校畢業後，到廈門集美中學就讀；主編閩南台灣學生聯合會《共鳴》雜誌。一九二七年一月被推舉爲「台灣無產青年會」嘉義地方負責人，二月被捕，判決豫審免訴。一九三〇年前後回到閩南，參加「閩南台灣學生聯合會」社會科學研究會共產主義理論學習班。一九三二年加入共青團，並被指派回台，重建被破壞的台灣共產黨組織；隨後因日警當局大檢舉「上海台灣反帝同盟」關係者，牽連被捕。在獄中裝瘋而獲假釋，然後趁機逃往大陸。曾在抗大受訓，並加入十八集團軍（八路軍），派赴八路軍一二九師冀南軍區敵工部，從事對敵宣傳的工作。一九四六年初，中共上海局經中央批准成立台灣省工作委員會（簡稱台工委），展開台灣工作。四月，張志忠率領首批幹部入台，開展地下組織。七月，台灣省工作委員會正式成立。張志忠任委員兼武工部長，領導海山、桃園、新竹等地區工作。⑦

黎明華說：「我在東區服務隊認識了隊中的台灣青年鍾浩東、蔣碧玉及蕭道應等人。來台以後，先後在台北商校、基隆中學與中壢義民中學等校任教。一九四九年八月下旬，基隆中學事件發生以後，我在組織安排下，由老洪（陳福星）帶到苗栗三灣鄉內灣村孫阿泉家。以後，我就以孫阿泉家為中心，繼續在竹南地區進行地下的農民運動。」

《安全局機密文件》又載，所謂「竹南支部」是由「支部書記」劉雲輝、組織幹事孫阿泉及文化宣傳幹事廖天珠三人組成的「上層機構」（又名「支部幹事會」）全權領導。對此，當事人劉雲輝卻有不同的說法。

劉雲輝說：「起初，我和張南輝、孫阿泉三個人是一個小組；後來，張南輝往竹南方面發展工作，就不再屬於這個三人小組，改由江添進替補。陳福星仍然每隔一段時間就來與我會面。每次會面，他都先聽我的工作報告，然後作一些工作指示。有一次，陳福星帶一個叫做老鍾的人一起來。老鍾跟我說：『你這個小組是領導機關。』張志忠被捕後，陳福星才告訴我，老鍾就是張志忠。……後來，江添進便把組織發展到大河底那邊。」

一九五三年二月十九日，江添進在逃亡過程中被當場擊斃。⑧

關於大河底的組織發展過程，前述《安全局機密文件》載稱的所謂「竹南支部第二小組」（代名「櫻第二組」）負責人彭南華，從另一個側面見證了這段歷史。

彭南華（1911-1998），大河底人。台灣光復後，任職三灣鄉公所總務課，同時被推舉爲當地「三民主義青年團」團長。

「我們三民主義青年團除了經常集會討論時事，研究三民主義之外，也擔負起維持地方治安，調解民間糾紛的工作。這樣，我在三灣地區就一天一天紅起來了。」彭南華說：「因爲這樣，二、二八事變後一段時間，共產黨在三灣地區的組織就通過鄉公所同事江添進來吸收我了。江添進這個人，日據時期曾經被征調到海南島當日本海軍陸戰隊，戰後以日軍俘虜的身分被遣返台灣；進鄉公所之前，當過小學教員。基本上，我認爲他是一個熱心、正直的人；所以，沒有多問什麼，就按照他的指示，寫了一份『自傳』交給他。……後來，阿春哥就經常來找我；每次都會帶一些學習文件，讓我閱讀，提高我對政治形勢的認識。……後來，我吸收了在三灣開精米所的廖天珠；廖天珠就把一個在他的精米所幫工的同村青年黃逢開，交給我領導和教育。」

《安全局機密文件》所謂黃逢開等人的「竹南支部大河底小組」的發展脈絡，大體如此。一個純樸、安靜的客家村庄，從此捲入遙遠的內戰風暴當中，埋下了日後遭到紅色肅清的悲劇命運。

三七五減租的合法鬥爭

一九四九年一月五日，蔣介石的嫡系陳誠就任台灣省主席。爲了緩解島內尖銳的階級矛盾，拉攏廣大農村的農民，並瓦解共產黨發展的溫床；隨即著手準備實施土地改革。四月十四日，他頒布了〈台灣省私有耕地租用辦法〉的行政命令，開始執行「三七五減租」。從此揭開了台灣土改的序幕。

按照「三七五減租」的規定，地主每年向佃農收取的地租，最多不能超過租地全年正產物的37.5%；在計算某塊耕地的全年總產量時，只以一九四八年的產量爲標準，參照全省情形，由縣市地方組織的「推行三七五地租委員會」負責評定；然後再據此評定地租；租額一經評定即永不變更。

以往，地主的租額總是占農田總產量的六至七成。然而，實行減租後，佃農所得反而占了總產量的62.5%。因此，地主自然不願接受。這樣，地主與佃農之間的糾紛就在農村各地「層出不窮」。

僻處苗栗縣三灣鄉、獅潭鄉與造橋鄉之間的客家山村大河底，在看起來詩情畫意的山川草木的表相底下，也暗藏著一場劇烈的地主與佃農之間的生死鬥爭。

幾位經歷白色恐怖政治風暴而倖存下來的當地佃農，通過自身的經歷，具體見證了當時一般佃農在地主剝削下的生活苦況，以及面對國民黨政府「三七五減租」政策時又愛又怕的矛盾心情。

廖宏業（1924-），大河村十七鄰的佃農，家裡五個兄弟的老大，一九五二年九月被捕，處刑十二年。他說：「通常，地主如果說好一甲地三千斤佃租給你耕，可看你割到四千斤或五千斤，他又會把佃租提高五百斤；我們又更拚些，割得又比這三千五百斤高，他又再提高。可是，耕種人一旦耕不到他規定的佃租了，他就毫不留情地說：『收回來，換人耕。』……」

廖紹崇（1926-），是廖宏業的弟弟，在家排行老二，小廖宏業兩歲。一九五二年九月，與大哥廖宏業同時被捕，並以「反三七五」的罪名處刑五年。他說：「那時，耕種人受到地主的種種壓迫、剝削；佃農要吃飯也不得。所以就造成地主跟佃農的對立。你若說耕無、割無，天災、地變，收成不好，要求減租；除非他地主歡喜；他若不歡喜，不給你減，就是不給減。你耕的穀不夠，割的不夠，你羅也要羅給他；所以耕來耕去，硬是沒得吃。可人要生存就得吃啊！」

羅慶增（1922-），大河村十八鄰的佃農，一九五〇年四月被捕，處刑十三年。

「我認爲，光復以後，佃農的生活不但沒有得到改善，反而比以前更差。」羅慶增說：「相較於日本時代，地主對佃農反而更加苛刻。鄉下做戲的時候，地主若來到，我們的雞呀、豬肉啦，都要切來給他先吃到飽；然後，我們才多少與來訪的親戚客人一起吃。我們這些佃農雖然非常不滿，卻也沒有什麼辦法。我想，我的租穀每年都按規定照常給他了，從來不曾差欠過，他爲什麼還對我這樣！可當時我也沒辦法，不這樣，他的田就不給我耕；那我們就活不下去了。

「後來，聽說政府要實施『三七五減租』。起初大家都還怕！心理頭想：如果照『三七五』實施下去，就一定會得罪地主；萬一政府無法照『三七五』繼續下去時，地主要是不給我們耕的話，我們的生活就會發生問題。當時，也有許多地主以『撤佃』來要脅佃農，暗中索取超出37.5%的租額。這樣，儘管有『三七五』，佃農心裡都還怕；甚至有許多佃農除了照『三七五』以外，還主動偷偷地多繳給地主，以防日後無地可耕。

「我當時認爲，今天，它（國民黨政府）不實行『三七五減租』已經做不得了。因爲這個『三七五減租』是從孫文先生的『二五減租』⑨繼承下來的；它現在大陸失敗了，跑到台灣來，不論是實行『三七五減租』或放領土地；我認爲都不是放領到它的。那些大陸過來的，全部都是做大官的啊！而所有的土地是台灣本地人的；所以它一定會繼續實施下去！因爲它擔心台灣也會因地主壓迫農民的厲害，而像大陸一樣鬧革命！我於是就跟一般佃農說，我們不必怕他（地主）了。……」

「那時候，我家一共佃耕了三甲田。」地下黨人張南輝見證說：「因爲田很旱，收成向來不是很好；最好的時候，一甲田第一季可收約六千斤的稻穀；第二季約三、四千斤。雖然一年總收成都在一萬斤上下，可一甲田的租穀，每年都要七千五百斤；因此自己就剩不到兩千斤。然而，一個人通常一年約要四、五百斤的米來吃。這樣，我們一家人辛苦勞動了一年，一餐卻只能吃一斤米。因爲伙食不夠，我只好利用農閒時期出外打工來維持家庭的經濟生活。儘管我的工作能力不錯，可我總覺得未來沒有什麼前途。……大概是一九四九年年初吧，我聽到政府要實施『三七五減租』的傳聞。由於鄉下的資訊貧乏，我不知道這種傳聞的眞實性有多少？更不了解它的具體內容？也因爲這樣，我對『三七五減租』的傳聞總是抱著一種期待。後來，我和陳福星及劉雲輝談到『三七五減租』的傳聞；陳福星向我證實：國民黨政府的確有這樣的政策。同時，他也預見：台灣的地主階級一定會頑抗這個有損他們利益的政策；他指出，爲了改善自己的生活，農民必須自己站起來，向地主爭取自己的權益……。」

據《安全局機密文件》第一輯所謂「匪台灣省工作委員會叛亂案」所載：相應陳誠頒布的「三七五減租」土改政策，「台灣省工作委員會」於是決定「通過減租減息運動，開展農村工作」。與此同時，它認爲「中小地主在『反國民黨』鬥爭中，爲統一戰線之構成部分」，所以在「發展過程中，須注意減少中小地主之打擊，并積極爭取團結之。」⑩

劉雲輝證實了官方檔案的記載。他說：「陳福星告訴我，我們的運動是被壓迫階級反抗壓迫階級的階級鬥爭，當下的工作就是促進陳誠的『三七五減租』的落實。他強調：『三七五減租』是符合窮苦農民要求的政策，儘管我們的運動在效果上是幫助陳誠推行政策；但是，只要是對佃農有利的事情，我們就應該去做。」

廖宏業和廖紹崇兄弟也從佃農的立場，側面描述了地下黨人支持一般佃農爭取「三七五減租」政策落實的情況。

廖宏業：「那時候，我們五兄弟因爲耕不到來吃，只好將那合租的五分地割給別人耕。沒想到，剛交割那年，政府就要施行『三七五』了。地主於是跟我們二、三十個老少混雜的佃農說：『官廳要三七五哦！你們本本老租！暗暗打老租；不是耕分哦！要打老租。』老租，就是原本一甲要繳五千斤穀，就要照原來的租穀繳五千斤給頭家。那些地下黨人知道了就鼓勵我們：『不要那麼傻！官廳都要給你們吃了，你們怎麼還要自己送去給他（頭家）吃！』因爲頭家不分一碗飯給我們吃，我和同村幾個差不多年紀、受到那些地下黨人影響的佃農就跟其他佃農說：『我們不要理他（頭家）！他自說他的，我們做我們的打算！我們應該向政府爭取三七五才對！』我認爲，因爲大時代的變遷，國民黨政府才用共產黨那套，把地給我們佃農，股票給大地主。但是，地主卻不讓我們爬起來，處處打擊我們。我們於是就在地方上和地主鬥。我想，因爲與地主鬥爭，我們後來才會被抓去關。地主的兒子當時是大河底村長，三灣調查局就是通過他來抓人的。村長，一方面有責任協助特務抓人，一方面利用這個機會打擊佃農和反對他的人。」

廖紹崇：「那時候，在鄉公所服務的知識青年江添進跟我們說：『你們怎麼這麼笨，現在政府在施行三七五減租的政策；你們既然耕不到來吃，就應該要求地主按照政府的政策，實施三七五啊！』當時，鄉公所全是那些地主的勢力在把持，所以政府的公文到了鄉公所，他們卻故意不下鄉宣導；我們這些知識不多的佃農也就不知道政府有這樣的政策。江添進向我們透露這個消息後，我們就打算在政府官員下鄉宣導時，結伴去鄉公所，要求把這個政策落實到田庄。那些地主事先知道了，就在政府官員下來之前與我們佃農妥協，叫大家不要三七五，大家『耕分』吧！意思是說割多少就與他平分多少。可我們不接受。這樣，就得罪了地主。」

神桌山祕密研究會

一九四九年十二月，竹南地區的組織發展到一定規模了，「台灣省工作委員會」省委張志忠於是通過陳福星向劉雲輝傳達指示：把竹南地區的幹部集中起來，辦一個相當於幹部訓練的學習班，進行思想上的學習、整訓。劉雲輝接到指示以後，隨即向孫阿泉和張南輝轉達，然後就由他們去布置具體的地點。

十二月十六日，竹南地區幹部訓練的思想研習班如期在大河底神桌山劉鼎昌老先生的山寮舉行。

劉雲輝：劉鼎昌是宋松財發展的群眾，當時大約七十歲左右，是一個文化水平高、開明進步的農民。學習會是在舊曆年前辦的；當天，我們各自上山。

宋松財：學習班，包括我在內，一共有十六個人參加；大部分是當地的農民、小商人和中小學教員。他們是：大河底的彭南華、黃逢開與廖天珠；三灣地區的江添進、孫阿泉與曾興成；頭份的劉雲輝和張南輝；南庄的李旺秀；以及銅鑼的曾永賢。另外，還有幾個外鄉人：老洪（陳福星）、小劉（黎明華）、阿東牯（徐邁東）和鍾蔚璋。他們當中，除了老洪是台南的福佬人外，都是大陸廣東過來的客家人。

黎明華：鍾蔚璋和徐邁東與我一樣，都是從廣東來的客家人，也是東區服務隊隊員；在組織上一直由我聯繫。他們原本分別在中壢農校和新竹商校教書。當我從義民中學撤退時，老洪也把他們一起帶來三灣地區；我再把他們接到神桌山劉鼎昌家掩蔽。

宋松財：第二天，也就是十二月十七日，學習班由陳福星主持，共同研讀諸如：《怎樣做一個共產黨員》、《論共產黨員的修養》、《把革命進行到底》、《新民主主義論》和《論人民民主專政》等學習文件，並展開討論。

第三天早上，江添進又從山下帶來一個名叫老吳的陌生人，加入我們的讀書會。老吳這個人話不多，卻總是在一邊提出一些問題，讓大家討論、思考。我印象最深刻的是，他曾經提過一個問題，引起我們熱烈的討論。他說，我們中國曾經有過光榮的歷史，可是這一、二百年來，爲什麼卻跟不上人家？一直要到後來，我才知道，原來老吳就是地下黨主要領導人之一的張志忠。

劉雲輝：讀書會的形式是先由大家閱讀學習文件，然後一起討論。經過整整一個星期有系統的學習、討論後，大家都感到在思想認識上的階級意識比先前更加增強了。本來，我本身就是被壓迫階級，有一定的階級意識；可通過像陳福星、曾永賢等知識分子的講解，原先自己模模糊糊地感覺得到的生活上的階級問題，也比較清楚地認識了。比如說，我終於認識到：中國的內戰，其實在性質上也是一種階級鬥爭。

誘捕

神桌山讀書會在十二月廿三日中午結束。吃過飯後，所有人就各自下山。張志忠也沿著台三線公路的幾處據點，一路北上。

新年除夕當天，張志忠回到台北市衡陽街住處，並被埋伏已久的情治人員逮捕。第二年，也就是一九五〇年一月廿九日，地下黨最高領導人蔡孝乾也在台北市泉州街住所被捕。⑪

至此，「台灣省工作委員會」的領導機構被瓦解，當時人數尚不滿千人的全省各地組織也陸續遭到破壞。

風暴很快地便吹到神桌山下的客家山村——大河底。

黎明華：舊曆過年（二月十七日）前的某天，吃過晚飯後，有個陌生人來到孫阿泉家，說要找阿川。阿川和阿泉的客家發音差不多。當時，孫阿泉不在家，我就出來見他。他交給我一口老吳的皮箱，說是老吳要他告訴我們，台北的形勢很緊張，老吳最近就會下來和我們討論重要的事情；希望我們趕快把竹南、苗栗地區黨組織的重要幹部集中起來。他跟我約好會面的時間和地點後就離開了。老吳，其實就是張志忠在竹南地區活動時的化名；除了組織內部的成員，一般人是不會知道的。儘管他以一口老吳的皮箱來證明他的身分，可我因爲從來沒見過這個人，他又是自己突然來的，所以對他的身分還是感到懷疑。我於是把那口皮箱打開來檢查。皮箱裡頭有張志忠經常穿的西裝上衣、一條領帶、一只收音機、一把白朗寧手槍和三十多顆子彈。沒錯，這些東西都是張志忠隨身的重要東西；可我還是無法這樣就輕信他。我又把那支白朗寧手槍拿起來仔細檢查，這才發現它的彈匣有點故障；我於是又把手槍分解，詳細檢查內部的零件；這才知道原來撞針已被鋸掉了。當下，我就判斷張志忠可能已經被捕了，那個人一定是僞裝的特務，他的目的是要把我們一網打盡。我立刻跟老洪會面，經過緊急研商以後，我們立刻把竹南地區十幾個可能已經暴露身分的重要幹部，全部撤離原有的地方，分頭疏散到桃園地區或苗栗地區。

彭南華：讀書會結束後不久，有一天，江添進就派人來通知我說：「該走了，危險！」我因爲不知道出了什麼事，起初並不想走；不久，江添進又再派人來警告我說：「你若不走，三灣若沒出事情就算了；如果有事，你一定會被列爲『匪首』的第一名；只要你被抓到的話，一定是第一個被槍決的人……」因爲這樣，我於是轉入地下，開始逃亡。

張金妹：阿泉要走的時候有跟我講。那時候，我大女兒才七歲；小女兒剛滿週歲，還要我每天背著。我一直哭一直哭。「小孩還那麼小，」我一邊哭一邊問他，「你什麼時候回來？」他沒說什麼，就走了。

這樣，經過老洪與黎明華的緊急布置之後，會面那天，情治單位一個也沒抓到這些幹部。然而，頭份、三灣、南庄，尤其是大河底一帶，卻有五、六十個無辜的鄉民陸續被株連入獄。

肅清

《安全局機密文件》載稱：一九五〇年三月一日，前台灣省保安司令部經長期培養線索「達十個月」之後，在所謂「台灣省工作委員會新竹地委會竹南支部」所屬地帶展開偵捕行動。結果，大河底的「支部幹部」：廖天珠、彭南華、黃順欽與黃逢開皆「於案發前後逃匿無蹤」。但是，從四月二十日晚上起，同村村民徐木生、湯天忠、曾榮進、張德有、王清金、黃榮貴、劉雙長、羅慶增、江清貴、廖宏業、劉清泓、劉榮香、劉榮錦、黃逢銀、廖紹崇、黃逢財、張阿財等無辜村民卻陸續被捕，其後並被處以十三年以下刑期不等的徒刑。⑫

張金妹：阿泉走沒多久，過年的除夕夜，就有揹著槍的人來抓他；他不在，就把我公公和他堂兄弟抓去。他們一去就始終沒有消息回來，我們全家擔心得要死。第二年的除夕夜，整整一年後，他們才被放回來，說是被抓到台北，關在一個他們也不知道的什麼地方。

我公公和他堂兄弟抓去後，舊曆清明，那些揹著槍的警察又來了。他們當中的一些人站在屋唇（門邊）攔著，不讓人進屋裡去；另一些人就闖進我的臥房，翻箱倒櫃，拿走一些照片。我抱著小孩，站在一旁，怕得發抖。他們一邊搜，一邊問我：「你有沒有你老公的消息啊？」我老實回答說：「他要走的時候又沒跟我說要去哪？……」

他們離開的時候，把我和我婆婆也一起帶走；我身上還背著那個剛對歲（周歲）的小女兒。當天，除了我們婆媳三人之外，上屋曾興成（他跟我老公一樣也在走路）的哥哥、妻小共三人，也一起被帶到竹南分局拘留所。我和阿成的妻子因爲帶小孩的關係，關在一起；我婆婆和阿成的哥哥就另外關在牢裡頭。

第二天下午，他們把我的小孩抱去給我婆婆，把我叫到另外一個房間問話。我還沒進去，那個福佬人刑事組長就用不太正的客家話嚇我：「不老實講，就帶去台北。」他們問來問去就是要問阿泉的下落，我說不知道，就打；他們先用一支粗樹棍打，我受不了，一直哭；他們又叫我跪著，然後把那支樹棍壓在我的小腿上，然後一邊站一人，用力踩……；他們一邊踩，一邊問，我嘴張得大大的，一直哭；他們又把我吊起來，抓我的頭髮，用煙薰，嚇說要燙我，然後要我告訴他們阿泉的下落……；我一直哭一直哭，一直哭到失聲了，他們才放我在椅子上坐。他們拿花生要給我吃，可我一粒也沒吃。

十天後，三灣鄉長廖上元才把我們老老小小六人保出來。而阿泉這一走，就是五年。當他「自首」回家以後，大女兒早因感染腦膜炎過世了；小女兒也已經六歲了。

宋松財：大逮捕在大河底展開了。起先是與組織沒有關係的一般農民，如羅慶增與江清貴等人被捕；再過二、三天，徐木生、湯天忠與黃逢開，也都被捕了。還好，黃逢開被捕後又乘機逃脫，並立即轉入地下。三月中旬，大河、十股方面又傳來幾個屬於彭南華那條線的人被捕的消息。

羅慶增：我究竟是哪一天被捕的，我不是記得很詳細。可我記得，那天晚上，差不多十一點左右，我在睡夢中突然被一陣敲門聲驚醒；打開門，我看到有七、八個人站在門口；其中一人說，要「戶口調查」，叫我跟他們到派出所走一趟。我不能拒絕，只好跟著他們走；結果，走沒多遠，他們就把我銬起來，推上一輛停在路邊，沒有熄火的「拖拉古」（卡車）上；直接把我送到竹南分局刑事組。到了刑事組，他們就在一個小房間問我話。他們問我：「你認識黃順錦、江添進，還有彭南華他們嗎？」我說：「黃順錦和江添進是我同學，彭南華是我朋友；怎麼會不認識呢？」……差不多被關了有二十天吧！他們才叫大河底的村長來保我出去，並且叫我一定要把我那些不在家的同學和朋友找出來。差不多一個多月後，竹南分局的刑事又叫我回去。這次，我被搞了三天兩夜的「疲勞審問」；只要我一說：「不知道。」他們就馬上用種種酷刑拷打我。可我還是沒承認什麼。

江清貴：我是三灣鄉大河村農民，一九三一年生。我被捕時剛滿廿歲。記得，大約是半夜兩點鐘左右，我突然被幾名帶槍的陌生人帶到派出所。從我家到大河派出所的一路上，他們又沿途帶走了幾名跟我一樣搞不清楚狀況的村民。當我們走到派出所時，他們什麼話也沒問，就把我們推上一輛停在門口的大卡車，然後把我們載到竹南分局。到了分局，我們就被一個一個地叫去問話。我一進去，他們就問我：「認不認識江添進和黃順欽？」我照實回答說：「認識。」他們就沒再問我什麼，也沒說要讓我回家，就把我帶到拘留所，跟其他人一起關了起來。兩個星期後，他們讓我回去，威脅我一定要去把江添進和黃順欽找出來……。因爲這樣，我回家以後就每天帶著飯包，四處去打聽江添進和黃順欽的下落。一個月後，他們又把我叫回竹南分局問話。這次，就不像上次那麼好過了；他們開始對我用刑……。

湯天忠：我家住大河村九鄰，一九二五年生，農民兼木匠；被捕那年廿六歲。我記得，那是一九五〇年舊曆二月，我大女兒出生三天後的晚上。他們把我和羅慶增等同村青年十幾名，一起抓到竹南分局拘留所。這段期間，我被叫出去問了兩次話。他們主要想從我這裡問出彭南華的下落，我也一一據實回答；知道的就如實回答，不知道的就說不知道。事實上，當時我聽也沒聽過什麼是共產黨？第二次，七、八個刑事圍著我問話；他們故意拉下臉來，有人還故意揮動手槍威嚇我，有人則用力扯我耳朵，想盡辦法要我承認我和彭南華有什麼組織關係；可我除了據實承認我認識他之外，其他一概堅決否認。我否認，他們就動口威脅，動手打我。最後，終於結束了一場難熬的偵訊。關了二十天後，他們要我出去找彭南華。……十天後，他們又把我叫回竹南分局，先是責罵我「什麼情報都沒有！」接著又半安撫半威脅地說：「明天，我們會叫村長來保你回去。可是，你一定要記住，你回去以後，一定要去找那些逃亡的人；否則，你自己就會吃虧。……」第二天，村長果然來保我。回家以後，我還是忙著工作；既沒有閒暇也不知去哪裡找彭南華他們這些逃亡的人。這樣，我女兒滿月後又十天，他們又把我和同村先前一起被捕的十幾個人叫回竹南分局，關進牢裡。第三天晚上，我被單獨叫出去，問口供。我看到偵訊室有七、八個刑事，其中幾名身上還帶槍。他們一口咬定說我一定有參加他們的組織，否則沒有理由不去找他們！……我堅決否認，他們就開始用刑。……

黃逢銀：我和我哥黃逢開先後被捕。我生於一九三四年，我哥生於一九二六年。我家在大河村七鄰神桌山山腳下的三洽坑，世代做佃農。那天晚上，他們到屋後紙寮抓我哥黃逢開，結果，又被他脫逃。那些刑事抓不到我哥，就下來我們家，找我們的麻煩；他們手裡拿著短槍，敲打我和我父親……。

黃鳳美：我大哥黃逢開逃跑以後，當地的刑事每個晚上都會來我們家搜查、盤問。我爸是個老實的農民，遇到我大哥被抓這樣的事，心裡當然感到十分煩憂；因爲這樣，身體就開始得病——發燒。他的高燒一直退不下來，我們就到三灣街上請醫生來給他注射；但是，這請那請，卻沒半個醫生敢來。我們只好回大河底家裡，想要拜託人家，幫忙抬我父親到街上給醫生看病，也沒有一個人敢幫忙。我們只好弄一些傳統的草藥給他吃；可他卻因爲心靈受到打擊，一口藥也不吞。這樣，他連續燒了三天，最後變成肺炎；第四天晚上，就死了。天亮以後，就在幾個鄰居幫忙下，抬到山上，草草埋葬；也沒有辦什麼法事。按習俗，那些幫忙抬棺的鄰居應該留在我家吃午飯，我們雖然勉強準備了簡單的飯菜，可他們卻一個也沒敢留下來。

黃逢銀：後來，那些刑事怎麼也找不到他的下落；於是就三不五時地來家裡鬧。他們每次都拿著槍來，門一打開就到處亂搜！他們對我說：「你哥又在哪裡被發現到了，你要去找噢！」那時候，我父親已經過世了；母親也因爲操煩而病懨懨的；幾個妹妹，年紀還小；所以他們只找我。我被搞得根本不用想做什麼事，不去找也不行！當時不像現在有摩托車，那些山路，就是自行車也走不得，大體都要步行！找回來後，我據實向他們報告；他們就說：「你根本就沒去找！」我就說：「我去到那裡，門牌號碼及戶長是什麼；不信，你們自己去對對看！……」可他們從來也不跟著我去找。

我就這樣找了有兩年。

集體自首

一九五一年二月，流亡在桃竹苗山區的地下黨人陳福星、曾永賢和黎明華重建了「台灣省工作委員會」的領導機構；以「在勞動中求生存、求安全、求工作」的原則，團結了客家山區的農民群眾，並建立了隱蔽的據點和基地。八月底前，「重整後台灣省委組織」的殘餘幹部以及省委機構已被迫從桃園、新竹，轉移到苗栗地區。⑬

九月十七日，國防部總政治部副主任張彝鼎發布〈匪諜及附匪分子自首辦法〉和〈檢舉匪諜獎勵辦法〉。九月廿一日，〈匪諜及附匪分子自首辦法〉開始實施三個月，限十一月二十日前辦理自首。

就在這樣的形勢下，在大河底神桌山一帶山區逃亡的地下黨幹部宋松財和彭南華，於是在失去組織聯繫的孤立狀態下，於十月下旬，先後率領在逃的餘眾出來「自首」。

宋松財：一九五一年春天，在白色恐怖的風暴衝擊下，我不得不轉入地下，在北埔、三灣、獅潭一帶的山區流亡。十月中旬，因爲各地的情況都萬分險惡，再堅持下去，恐怕也堅持不久的客觀條件；我和彭南華等同志討論了好久，最後，決定大家一起出去「自首」。彭南華並且建議說：「要出去的話，一定要以各地方爲單位出去；而且，不可牽連太多；否則將很難辦理。」我們於是決定：獅潭鄉的大河底和新庄方面，由彭南華聯絡；地上、地下，全部出來。南庄鄉的南埔、員林方面，由我聯絡，一樣要全部出來。而且，兩地各自負責，絕對不可有任何關聯；於十月二十日晚上，一起出去。但是，十九日晚上，我們再會面時，他們卻變卦，決定不出去了。「你們也不可以出去，」彭南華說：「自首，只有死路一條。」然而，事情的發展已經讓我沒法改變原先的決定了。……十月二十日，晚上八點，我們一共十幾個人還是按計劃，集體向南庄鄉大南埔派出所辦理「自首」。

彭南華：我和其他同志在山區跑了好長一段時間之後，因爲組織上的據點已經這破那破了，我已經覺悟沒路好走了！因此，我和宋松財約定，在某天一起出來「自首」；然而，到了約定當天，因爲與我相關的人還沒找齊，當天我就沒有出來。一直到我把相關的十幾個人都找齊了以後，我才帶他們一起出來，前往竹南分局，辦理「自首」……。

廖宏業：彭南華和黃順欽出來「自首」以後，我和我弟廖紹崇也於一九五一年十二月，去苗栗縣警察局辦「自首」。黃順欽是我公學校同學黃順錦的弟弟，原是大河國校老師；他在走路前就常常跟我們講：「政府要施行三七五，要如何向頭家爭」的道理；他站在我們佃農的立場，爲我們講話，不會站在頭家的立場講話。因爲這樣，只要他說一聲：「你們來幫忙啊！」什麼的，我們就跟他去，沒有不跟他去的。可他是讀書人，我是耕種人；他有什麼活動，我也不知。他出來後就把詳細情況告訴我；他說：「我若沒出來，性命難保；」他又跟我說：「你也應該出去辦自首。你若沒去交代，會吃虧！」他叫我去交代一下，又叫我不要講到他。他說，「講了我，我的負擔會很重。」他要我講那些已判決或是還在走路而挨不到的人；他意思就是說，不要講他。因爲我受日本教育，較直，心想講了就可轉，他問什麼就回答。所以，頭到尾，我們沒什麼「走口」；講的話，沒什麼差別到。但是自首後，他們便叫我去找江添進，還有責任區，負責哪一帶；有事情就找我，不是那麼單純！結果，他們還是以「自首不清」的罪名，判我十二年徒刑。

尾聲

一九五二年二月八日，黃逢銀十八歲生日。那天晚上，管區警察就來他家，把他抓走。「在苗栗警察局，」黃逢銀說：「我看到村子裡的年輕人，包括我叔伯阿哥黃逢財、上屋的鍾錦文，還有家在神桌山上的劉榮香、劉榮錦等一整群，也同時被抓進去了……。」

此時，潛入地下的黃逢開也在獅潭鄉被捕了。

四月下旬，「台灣省工作委員會重整委員會」位於三義鄉魚藤坪山區的領導機構被破壞，領導人曾永賢和陳福星先後被捕。至此，一九四六年七月正式在台灣建立的「台灣省工作委員會」組織徹底瓦解。

八月，廖天珠作爲大河底的最後一名逃亡者也結束了將近三年的蟄伏生活，出來內調局苗栗站「自首」。與此同時，黃逢開也於八月八日在台北馬場町槍決。

這樣，延續了三年多的大河底的政治風暴，終於暫時告一段落。

注釋：

①黃南球，祖籍廣東嘉應州，父親黃梅怡於清道光初年來台，於楊梅壢靠耕佃爲生；道光二十年（一八四〇），黃南球出生，排行老么，乳名「阿滿」，因此，常用「黃滿」和「黃丑滿」偏名行世；大陸太平天國之亂末期的同治一年（一八六二），台灣發生天地會戴潮春之亂，驚動台灣南北，第二年，也就是同治二年（一八六三），黃家舉家遷往苗栗南庄；時爲廿四歲青年的黃南球隨即投靠當地墾戶黃流民，從事拓墾，其後獲黃流民賞識、資助，號召其他墾民入墾原住民居住地帶的南坪，並以此爲據點，開展一生的拓墾事業。

②《安全局機密文件——歷年辦理匪案彙編》（台北市：李敖出版社翻印，一九九一年十二月卅一日初版）第二輯，頁四三——四四。

③前引《安全局機密文件——歷年辦理匪案彙編》第二輯，頁二〇四。

④前引《安全局機密文件——歷年辦理匪案彙編》第二輯，頁三八六。

⑤前引《安全局機密文件——歷年辦理匪案彙編》第二輯，頁四四。

⑥前引《安全局機密文件——歷年辦理匪案彙編》第二輯，頁二〇七。

⑦前引《安全局機密文件——歷年辦理匪案彙編》第一輯，頁一二。

⑧三鄉戶謄字第一五二二號戶籍謄本。

⑨「二五減租」：把農民向地主交納的地租額，統一按土地全年收穫物的50%計算，然後在這樣的基礎上再減去25%。公式：50/100×（100-25/100）=37.5%。換句話說，也就是地主最多不能收取超過租地全年正產物37.5%的地租。所以，「二五減租」也叫「三七五減租」。

⑩前引《安全局機密文件——歷年辦理匪案彙編》第一輯，頁十六。

⑪郭乾輝：《台共叛亂史》（國民黨「保防參考叢書之一」，中央委員會第六組印，一九五四年四月），頁五六。

⑫前引《安全局機密文件——歷年辦理匪案彙編》第二輯，頁四一——五三。

⑬前引《安全局機密文件——歷年辦理匪案彙編》第二輯，頁二〇五、二一四。

大河底五〇年代白色恐怖時期政治受難者簡表：

姓名	年齡	住址	職業	被捕日期	處刑	判決文號
黃逢開	二七	七鄰	農工	1952.2	死刑	（四一）安潔字第一七二九號判決書
徐木生	二二	七鄰	農民	1950.4.20	十三年	（三九）安澄字第〇二四五號判決書
湯天忠	二六	九鄰	農工	1950.4.20	十三年	（三九）安澄字第〇二四五號判決書
曾榮進	二七	一鄰	農民	1950.4.20	十三年	（三九）安澄字第〇二四五號判決書
張德有	四四	三鄰	農民	1950.4.20	十三年	（三九）安澄字第〇二四五號判決書
王清金	二九	十七鄰	農工	1950.4.20	十三年	（三九）安澄字第〇二四五號判決書
黃榮貴	二七	十七鄰	農民	1950.4.20	十三年	（三九）安澄字第〇二四五號判決書
劉雙長	二八	十七鄰	農民	1950.4.20	十三年	（三九）安澄字第〇二四五號判決書
羅慶增	二九	十八鄰	農民	1950.4.20	十三年	（三九）安澄字第〇二四五號判決書
江清貴	二十	十六鄰	農民	1950.4.20	十三年	（三九）安澄字第〇二四五號判決書
廖宏業	二九	十七鄰	農民	1952.9.12	十二年	（四一）安潔字第三五二三號判決書
劉清泓	二九	六鄰	農民	1952.2	十二年	（四一）安潔字第二一三三號判決書
劉榮香	二六	六鄰	工人	1952.2	十年	（四一）安潔字第二一三三號判決書

劉榮錦	三二	六鄰	工人	1952.2	十年	（四一）安潔字第二一三三號判決書
黃逢銀	十九	七鄰	農民	1952.2.8	十年	（四一）安潔字第二一三三號判決書
廖紹崇	二七	十七鄰	農民	1952.9.12	五年	（四一）安潔字第三五二三號判決書
賴石妹	四二	十五鄰	家務		羈押	（三九）安澄字第〇二四五號判決書
黃逢財	二三		農民		羈押	（四一）安潔字第一七七四號裁定書
張阿財	二一		農民		羈押	（四一）安潔字第一七七四號裁定書
宋松財			農工	1951.10.20	自首	
彭南華			公務員	1951.10.23	自首	
廖天珠			公務員	1952.8	自首	

證言

我是國家內戰的受害者！

——江清貴的證言

江清貴（1931-1992），苗栗縣三灣鄉大河村佃農，一九五〇年被捕，時年廿歲。據台灣省報安司令部安澄字第號判決書所載：江清貴因「受匪江添進之誘惑參加匪台灣民主自治同盟」，並「供認參加小組會一、二次不等」，故以「參加叛亂組織」之罪名，判處「有期徒刑十三年，褫奪公權十年」。

半夜的敲門聲

一九五〇年年尾的某個晚上，我在睡夢中突然被一陣粗暴的敲門聲吵醒；我看了一下牆上的掛鐘，時間大約是半夜兩點鐘左右。

「那麼晚了，」我心裡想：「有誰會敲門敲得那麼急呢？」半年前，我就聽到村子裡有一個當老師的黃順欽和隔壁大坪村在鄉公所當戶籍課員的江添進逃亡的風聲，所以心裡有點擔心是不是和他們的事情有關？即便如此，我還是披了一件衣服，下床去開門。

我打開大門，迎面進來幾名帶槍的陌生人；因爲他們並沒有表明身分，我也搞不清楚他們是便衣警察或是特務？他們什麼話也沒多說，就叫我帶上身分證，跟他們到派出所走一趟。

「我又沒做什麼壞事，」我雖然感到害怕還是鼓起勇氣問說：「那麼晚了，你們要我到派出所做什麼？」

「叫你去，你就去，」其中一人不耐煩地說：「囉嗦什麼！」

「例行的戶口檢查，走吧！」另外一人口氣比較溫和地接著說。

我只好拿了身分證，無奈地跟隨他們向派出所走去。

從我家到大河派出所的一路上，他們又沿途帶走了幾名跟我一樣搞不清楚狀況的村民。當我們走到派出所時，他們卻什麼話也沒問，就把我們推上一輛停在門口的大卡車，然後載走。到了竹南分局，我們就被一個一個地叫去問話。

我一進去，他們就問我：「你認不認識江添進？」「認識，」我老實回答。「他是鄉公所的戶籍課員，住在隔壁村。」他們接著又問：「黃順欽呢？」我還是照實回答說：「他是大河國校的老師，當然認識。」問了這兩個問題後，他們就沒再問我什麼，也沒說要讓我回家，就把我帶到拘留所，跟其他人一起關了起來。

兩個星期後，他們又把我叫出去。「你現在沒事了，可以回去了；但是……」他們語帶威脅地說：「你回去以後，一定要去把江添進和黃順欽找出來，否則……」

第二次拘留

回家以後，我就每天帶著飯包，四處去打聽江添進和黃順欽的下落。一個月後，他們又把我叫回竹南分局問話。這次，就不像上次那麼好過了；一進去，他們先問我有沒有什麼消息？我回答說，沒有。他們就開始對我用刑，要我老實講，不可以隱瞞。我雖然被刑得受不了，卻也只能照實說：「我四處打聽還是打聽不到任何消息……。」

這樣被折磨了一個晚上後，他們才又把我押回拘留所，關了起來。

第三個晚上，他們又再把我叫出去，讓我坐了兩個鐘頭的老虎凳；坐得我整件汗衫都濕透了。最後，他們大概是實在問不出什麼來，於是又叫我在筆錄上按手印。日本時代，我只讀了兩年公學校，可以說是一個漢字也不認識；我看他們在筆錄上寫滿密密麻麻的漢字，卻不知道上頭都寫些什麼？可在那樣的處境下，也只好按照他們的指示，按下指印。

一直要到後來在台北軍法處宣判時，我才知道他們指控說：我受到江添進的誘惑，參加了什麼「台灣民主自治同盟」的「叛亂組織」，並且曾經開過一、二次的「小組會議」。儘管他們並沒有說我們在什麼地點開會，結果，我還是因為這樣的「罪名」，被判處「有期徒刑十三年，褫奪公權十年」。

十三年後，我終於刑滿出獄。

在我坐牢期間，我父親已經因為憂傷過度而病逝了；家裡因為沒有男人在，日子過得非常艱難。當我回到家的時候，原本就簡陋的老家，早已經垮了下來；我的當務之急就是如何儘快把房子重新支撐起來，讓一家人有個勉強避風遮雨的住所。然而，在當時的社會氣氛下，像我們這樣坐過政治牢的人，當然是找不到什麼像樣的工作的。我在服刑期間學會一些樂器，為了生存，於是就以做「那卡西」來維生……。

冤有頭，債有主！

說起來，我是因爲受到江添進和黃順欽的牽連，才會有這樣不幸的遭遇的；可我一點也不會怪他們。我坐了十三年牢後，也懂得了一些政治的道理；我知道，他們其實也和我一樣，都是時代的受害者。……冤有頭，債有主！我認爲，我個人的不幸其實是國家內戰造成的。我想，只有終結海峽兩岸分裂的局面，這樣的不幸才能永遠避免吧！

我坐三七五的牢！

——羅慶增的證言

羅慶增（1922-），苗栗三灣鄉大河底佃農，一九五〇年五月被捕。

據《安全局機密文件——歷年辦理匪案彙編》書中所謂「匪台灣民主自治同盟竹南支部曾文章等叛亂案」所載，羅慶增被捕當時的職業是「三灣農會代表」，「三十八年（一九四九）十月」參加「匪僞組織」，在「匪黨」裡頭的「職務」是「匪農民團分子」；因此以「參加叛亂組織」之罪處刑十三年。

至於羅慶增是由何人吸收參加組織？乃至於具體的「叛亂」活動，在該案的內文中卻完全沒有提到。

佃農的兒子還是佃農

我是羅慶增，一九二二年，民國來說就是……十一年啦！農曆的二月二十八日，在苗栗縣三灣鄉大河底一個小地名叫做枇杷窩的農家出生。我家的階級成分是佃農；阿爸、阿媽都是耕田人。我有一個阿姊、一個老妹，還有三個兄弟；我排在中間。

我從念公學校時候開始，就要幫我爸我媽做田。所以，我可以說是「半工半讀」上完學的。緊工的時候，就要在家幫忙；閒工的時候，才能去學校讀書。因此，我的成績不是很好。我讀的又是日本時代的學校，所以，一直到被它抓進去關以前，我對中國字並沒什麼認識。

大河公學校畢業後，我就跟我爸我媽在家耕田。我爸是佃農，我自己本身也是佃農。結果，佃農的兒子還是佃農！還有，在耕田方面，地主的要求從來不會滿足的——今年的收成若是比往年好，不管我們收了多少斤穀，明年他又還要再加租穀；他總是威脅我們說：「你如果不要耕的話，還有別人要耕呢！」所以，我為了一個家庭的生活，不得不又幫他耕了。儘管租穀愈升愈多，我們還是得克苦來給他耕；因為沒耕的話，一家人的生活就要成問題。因此，那些地主看待佃農，就好像他們是皇帝一樣，我們得巴結、奉承他們。你若是語言上得罪了他，下一次，他的田就不給你耕了。這樣，我們就得搬家，不知淪落何處是好？所以，不管他怎麼苛待我們，我們還得忍耐地奉承他。沒奉承他是做不得的！

一九四一年十二月，日本發動太平洋戰爭以後，我哥被調到南洋去做軍伕；我老弟被調到基隆去做日本兵；我姊又嫁掉了；剩下一個老妹。我家就只剩下我爸、我媽、我老妹和我自己四個人而已！當時，我自己被派去地方的警防團，留在家裡。因爲我爸、我媽都老了，家裡的田就靠我一個人耕。我在家一直耕田，終於耕到日本投降了。

佃農的生活反而比以前更差

日本還未投降前，我一方面要耕田，第二方面又要做警防團團員，經常要被叫去派出所值班，注意有沒有空襲警報。因爲這樣，當時的生活相當困難。那時候，被日本仔欺負得最慘！我就整日盼望日本的投降。「日本仔要輸掉、要戰敗！」我有這個信心——日本仔一定戰敗。結果，眞的！到一九四五年八月，日本仔就敗了。當時，我可以說，實在非常歡喜。

過了一段時間，中國官員來地方接收的時候，我們青年還到路上排隊，迎接他們來。但是，經過一段時間，我們看到的國民黨的接收官，可以說是比日本仔還慘，還更壞。日本仔來說，還有一點正義的樣子；他們卻糊里糊塗；因爲這樣，我就看不慣他們了。

另外，在耕田方面，佃農的生活不但沒有得到改善，反而比以前更差。相較於日本時代，光復以後，地主對佃農反而更加苛刻。我們雖然非常不滿，但是也沒有什麼辦法；因爲我們爲了生活、爲生存，不繼續給他耕田是做不得的。我耕的田，地主是三灣人，鄉下若是做戲什麼的，他若來到，我們的雞呀，豬肉啦，都要切來給他先吃；一直到他吃飽，先走了，我們才多少與來訪的親戚客人一起吃。以前，地主對待佃農，就是這樣的情形。我講的都是確實的。

三七五減租

我對這種情形感到非常不滿。我想，我的租穀每年都按規定照常給他了，從來不曾差欠過，他爲什麼還對我這樣！但是，當時我也沒辦法；不這樣，他的地就不給我耕。那我們就活不下去了。

後來，我聽到政府有在實施「三七五減租」。起初大家都還怕！心裡頭想，如果照「三七五」實施下去，就一定會得罪地主；萬一政府無法照「三七五」繼續下去時，地主要是不給我們耕的話，我們的生活就會發生問題。而當時也有許多地主以「撤佃」來要脅佃農，暗中索取超出37.5%的租額。這樣，儘管有「三七五」，大家佃農心裡都還怕；有許多個佃農，照「三七五」以外，還主動偷偷地多繳給地主，以防日後無地可耕。一般講起來，大部分佃農的心理都是如此……。

我看到這樣的情形，就跟一般佃農說：「我們不必怕他了。」我當時認為，今天，它（國民政府）不實行「三七五減租」，已經做不得了。因為怎樣？這個「三七五減租」是從孫文先生的「二五減租」繼承下來的；它現在大陸失敗了，跑到台灣來，它不論是實行「三七五減租」，或是放領土地；我認為都不是放領到它的。那些大陸過來的，全部都是做大官的啊！可所有的土地是台灣本地人的；所以它一定會繼續實施下去！因為它擔心台灣也會因地主壓迫農民得厲害，而像大陸一樣鬧革命！

後來，我對其他佃農講的這些話，不知怎麼會讓地主曉得。地主因此很痛恨我，說：「那個羅慶增，最搞怪！」所以，我想，我後來會被抓，一定和這事也有很大的關係。哈哈哈！（苦笑）

逮捕、逼供與判刑

一九五〇年四月二十日晚上，差不多十一點左右時，十一點多啦！時間我不是記的很詳細了。那時候我已經睡著了。在睡夢中，我突然被一陣敲門聲驚醒；我下了床，走出去，打開門一看，看到有三……七、八個人站在門口；其中一人就對我說，要「戶口調查」，叫我跟他們到派出所走一趟。我不能拒絕，只好跟著他們走。結果，走沒多遠，他們就把我拷起來，推上一輛停在路邊，沒有熄火的「拖拉古」（卡車）上；直直把我送到竹南分局的刑事組。

到了刑事組，他們就在一個小房間問我話。

「你認識黃順錦、江添進，還有彭南華他們嗎？」

我說：「黃順錦和江添進是我同學，彭南華是我朋友；怎麼會不認識呢？」

「他們在做什麼事情，你知道嗎？」

「我不知道。」我說。

「他們現在跑到哪裡去，你知道嗎？」

我說：「我也不知道。」

結果，我就這樣被關了起來。關了差不多兩個禮拜，大概有二十天吧！他們才叫大河底的村長來保我出去；並且交代我：「出去後，你一定要去把你那些不在家的同學和朋友找出來。」

我回家後，也不知道要到哪裡去找他們？所以就一直沒去找。這樣，差不多一個多月後，竹南分局的刑事又叫我回去。

第二次去，就不是這樣了。我被疲勞審問搞了三天兩夜；只要我一說：「不知道。」他們就馬上拷打我，還叫我坐「老虎凳」；其中令我印象最惡劣的酷刑是踩我的「腳囊肚」（腿肚子），被他們搞得最相屌！到今天爲止，我還有一隻腳走路不方便，就是當時被那些刑事踩壞掉的。經過一段時間的刑訊後，我還是沒承認什麼東西。事實上，江添進、彭南華他們究竟在做什麼事情？我也不是很清楚。可那些刑事卻不死心，他們認爲：「你年輕輕的（廿八歲）就可以做農會的代表，還做過村長！結局來講，一定是和那些人同路的人。」我還是回答說：「沒啊！根本我就沒什麼事情啊！」這樣，他們又動手刑我。「沒相關（客語：不要緊），」我一面被刑，一面說：「我現在被你關，被你刑都沒相關！等到你把那些人抓到的時候，眞相就會大白！」他們呢？根本不聽我的話；強強打，強強逼；逼到最後，他們認定我是搞怪（頑劣）分子！而我也被打得實在承受不住了，最後我就和他們說：「我和我的同學有講到三七五的事情。」

我這樣一講，事情就了結了。他們就拿那些口供給我看，同時叫我在上頭打手印。我只受過日本教育，後來又都在家耕田，對中文根本就不認識；結果那些刑事寫的口供，我也看不懂。我打了手印就被送回牢裡頭關。後來轉送到桃園警察局，再到台北刑警總隊，再轉情報處，最後再被搞到軍法處，判刑十三年。

我想，這個事情是非常不應該的！（苦笑）因爲怎樣呢？你根本就沒根沒據，爲什麼可以判我這樣久的徒刑呢?等到判決書拿給我看時,同房識字的難友告訴我,我才知道,上頭竟寫說我「參加叛亂組織台灣民主自治同盟」;還說我們要「劫搶竹南的空軍倉庫」。他就這樣判我的罪。所以,我認為,他判我的罪是非常苛刻的!冤枉人嘛!我呢?當時來講,這個什麼「台灣民主自治同盟」、「共產黨」或「共產主義」啦,根本就不知道。哈哈!(苦笑)不知。

同房難友吳思漢

我被捕以後一直在想,自己無緣無故的被抓,實在很冤枉!但是,到了軍法處,我看到那裡有很多水準、知識程度很高的人,也都在裡頭。我就想,自己一個不識字的佃農被抓到這裡來,算來也沒什麼好奇怪了。哈哈哈……。

在裡頭,我認識一個叫吳思漢①的難友,每次他家若送吃的東西來,不論牢房裡頭有多少人,他一定要平均分給大家吃;有多少人就分成多少份。還有,它要點名叫人去槍殺,都是每天早上外役還沒有出去的時候;掃地的、抹地的外役,它不放他們出去;過不久,看守就會叫人;喊了人,手拷拷著就要拖出去槍殺!我心裡很清楚。我記得,台大的學生一個早上就被叫了十幾個人,還有鐵路局的。其中以一九五〇年過年前,殺掉最多。和我同房的吳思漢，他認為他自己也差不多會被抓去槍殺了；每天早上睡醒後，就穿好西裝，頭髮抹一抹，等它來叫。他知道時間差不多了。可是點過名，外役放出去了；他就把西裝脫掉，隨手一丟，說：「幹您娘！還未輪到我，夭壽！……」

我對這種人的這種精神，非常欽佩。所以，我就會想，我雖然被它抓來關，腳也被打壞了；可我認為，跟那些每天早上有時七、八個，有時十幾個，一起被叫出去槍殺的人比起來，我還算是幸運的。畢竟，我還沒被它殺到啦！沒被殺到。

這黑牢沒有白坐

我被判罪後就移送到新店軍人監獄。大概是一九五一年一月左右，又再跟著其他難友被轉送到火燒島的集中營。到火燒島時，他們就把我的判決書拿走，一直沒有還我。

我在火燒島一共關了十年又五個月。後來，看到我刑期快滿了，還有一年半；它也不知是不是認為我們不會逃走了，就把我們送回台北的生教所。我知道有很多和我一起關的難友，關到刑期滿了還被送到小琉球！我算來是幸運的了，剛好被關了足足十三年，沒減一天，也沒多加一天，就讓我回來了。

我的故事就只是這樣而已！

其實，我的坐牢只能說是坐「三七五」的牢；因爲我在嚴刑逼供之下，只說了句「我和我的同學有講到三七五的事情」，「罪證」就確立了。我想，將來的歷史自然會給予我應有的平反的。然而，從另一個角度來看，我也不認爲自己坐的這十三年黑牢是白坐的。最少，我在坐牢期間學會了認字、讀報，而且也懂得了一個階級怎麼剝削另一個階級的眞理……。愈關，腦袋愈清楚。所以，我認爲，我這牢沒有白坐！（開懷地哈哈笑）

注釋：

①吳思漢，本名吳調和，台南白河人，京都帝大醫學部肄業，一九五〇年十一月廿八日槍決。

滿腔熱血付東流！

——宋松財的證言

宋松財（1911-2003），三灣大河底的佃農。因爲家貧，只在私塾受過兩年漢文教育。可他反日民族意識強烈，七七事變之後，每年十月十日，他都與幾名好友秘密聚會，慶祝國慶。台灣光復後，國民黨代表的「白色祖國」很快地讓他失望了，歷經一番尋訪與學習，他找到了一個新的身分認同，並且參加了地下組織的讀書研究會，在農村推展農民運動。一九五一年春天，在白色恐怖的風暴衝擊下，不得不轉入地下，在北埔、三灣、獅潭一帶山區流亡；最後，在事無可爲之下，出來「自首」。

祖堂京兆

我們家究竟是什麼時候移民來台灣的？我不很清楚。可我從小就知道，我家的祖堂是京兆。我阿爸是個佃農。我們兄弟姊妹一共十人；男的六個，其中四弟及五弟早夭，我排行老二；女的四個。由於家境清寒，我從小就要幫忙家裡放牛。因爲這樣，我對一般農民期待母牛生小牛的心情，有很深刻的體會。當然，因爲窮，我並沒有條件受到良好的教育；只是在十二歲那年，進了村裡的私塾，讀了兩年漢文。可這兩年的語文教育卻奠定了我往後做漢詩的基礎。

十四歲那年，我就到隔壁獅潭庄的紙湖村做小工。當時，一百斤稻穀的市價是四圓八角，而我每個月的工資是六圓。我做了兩年又四個月的小工之後，又跟隨我姊夫，出庄經商；我記得，那是我十六歲那年冬天的事了。一年多後的秋天，十七歲的我就自己一個人出庄做生意了；我每天肩挑七、八十斤的純棉布，挨家兜售；儘管收入不多，我卻學了不少做人處事的道理，也切身體會了人情的冷暖。由於大河底僻處山坑，交通不便，不適合做生意，我於是在二十歲那年遷居南庄腳，在大南埔（今南富村）開了一家店；同時仍然經常出庄行商。

這樣，到了二十二歲那年的秋天，我結婚，成了家。然而，我好不容易才建立的家庭，卻毀在一場突如其來的大地震中。我記得，那天是昭和十年（一九三五）農曆的三月十九日（西曆四月廿一日）。大概是早上六點左右吧！我只聽到轟然一聲，突然就感到天搖地動，然後屋頂垮了，牆也倒了；家裡的東西全都壓壞了。我媽和我最小的妹妹也來不及逃生而當場慘死！①

那年，我二十五歲。地震過後，我向眾親友籌借了四百圓，終於在第二年把全毀的家屋再建起來；可我每年卻要擔負四十圓的利息，落在肩上的生活的擔子，壓得我幾乎要喘不過氣來。

慶祝國慶

我把家屋重建起來的第二年，也就是一九三七年的七月七日，日本帝國在祖國大陸發動了侵略中國的蘆溝橋事變，並且想要在三個月內征服中國；蔣介石領導的國民政府終於決議全面抗戰。

祖國大陸發生的戰事很快就在殖民地台灣的這裡那裡傳開了。我雖然每天都要為生活奔波忙碌，可也非常關心戰局的發展。第二年春天，我和地方上的幾個好朋友：黃元雙、余炳欽及余作木，經過一番議論後共同決議：

我等是漢民族，中國是我們的祖國，我們希望祖國戰勝日本帝國主義的侵略。同時，就從今年起，每年的十月十日，我們四人都要聚在一起，慶祝國慶紀念日。

當時，我還特別作了一首漢詩來表現我內心的感情。詩云：

門對青山照夕陽，日人主政最猖狂；
同胞協力除惡政，期待來日得榮光。

到了十月十日那天，我們四人便放下手邊的工作，依約前往余作木家，以秘密集會的方式慶祝國慶。我們的聚會一共是一天兩夜；從九日晚上到十日晚上。其間，我們討論的話題都環繞著祖國的未來而發表各自的看法。我們四人當中，余作木的漢學素養最好，對國際局勢也最瞭解。他告訴我們，國父孫中山先生在臨終遺言中提到：要聯合世界上平等待我的民族，共同奮鬥。對我而言，這種言論是平時忙於營生的我不曾念過的；念了以後，雖然心中萌生一種說不出來的熱情，可又不是那麼瞭解孫先生遺言的眞正意思。余作木於是向我作了詳細的解說。這樣，我終於覺得自己能夠體會國父的革命精神了。

最後，臨散會時，余作木又向我們朗誦了一首國父輓革命先烈劉道一的詩，然後各自分手。這首詩，我只聽過一回就永世不忘：

半壁東南三楚雄，劉郎死去霸圖空；
尚餘遺孽艱難甚，誰與斯人慷慨同；
塞上秋風悲戰馬，神州落日泣哀鴻；
幾時痛飲黃龍酒，橫覽江流一奠公。

鹿山避秦

我們四人，連續三年的十月十日，在余作木家秘密地紀念國慶。一九四一年日本帝國發動大東亞戰爭以後，我和余炳欽分別被征到高雄與台東「奉公」，這才被迫中斷。

我先是被征到高雄「奉公」一百天，開築高雄港，後來又再被征去新竹及後龍，各「奉公」二十天。「奉公」的生活，簡直就像牛馬般，苦不堪言。殖民地人民的悲哀，我一直沒有忘記。

我從後龍回家以後，戰爭一天比一天激烈了。這時候，日常的生活用品已經按照人口數配給了，日子過得萬分困難。同時，日本帝國也開始征調台灣青年，到中國戰場去充當侵略戰爭的砲灰。我那才十六歲的弟弟松貴，也被日本當局征調上海、金華方面，充當警備隊。這樣，我覺得自己如果還待在家裡，不遠走他鄉的話，一定也難逃被征兵的厄運。於是，徵得父親的同意，痛下決心，直奔鹿場大山，然後在海拔二千公尺的雪地木寮中，從事製油工作。就在這種幾近原始的生活情況下，縱使我每日感慨萬千，卻也無可奈何！

光陰荏苒，春去秋來。

一九四五年八月，我忽然聽到從山下上來的人說，日本戰敗，無條件投降了。我和一些製油的友人，立刻就決定下山。當下，我還作了一首自己永難忘記的感懷詩。詩云：

尋訪名山見避秦，製油從事鹿場林；
山上勞苦近三載，光復決定下山林。

從歡迎到不滿

我們一行人下了鹿場大山，來到南庄街上，向幾個來往的路人打聽以後，證實日本帝國眞的無條件投降，台灣已經回到祖國的懷抱了。我與幾位友人都萬分歡喜，並且一致盼望祖國的官員趕快來台灣接收、主政。

然而，當接收官員來到以後，我就像許多人一樣，歡心未過卻已經感到痛苦又已臨頭了。別的不說，光是一日三漲的物價，就足夠讓我對祖國的接收政權感到失望了。那時候，我的一天工資所得，在物價穩定的狀況下，原本是足夠兩天的生活費的；怎知當我領到工錢時，卻連支付半天的生活費都不足夠了。我因此百感交集、萬分悲傷。

在三聲無奈的情況下，我決定去拜訪對祖國比較有認識的余作木。不料，當我見到余作木，談到政情的時候，我發現，他在言談之間所流露的傷心與不滿，卻要比我來得深刻。我一直記得余作木說的一段話：「我們對祖國的態度，可以說包含了歡喜、歡迎、期待以及失望的複雜的心情。我們歡喜什麼呢？歡喜台灣的光復；我們歡迎什麼呢？歡迎陳長官蒞台主政；我們期待什麼呢？我們期待新政府來肅清一切奸黨。可我們卻失望了！我們失望的是新政府仍然重用那些奸黨……。」

那天，余作木還和我談了許多中國歷史上改朝換代時所發生的故事，可我後來卻都不記得了。兩人一直談到午後四時，才依依難捨地忍痛話別。此後，我們兩人也沒再見過面。我後來輾轉聽到一些有關余作木的消息。先是說他考入警界，在基隆當警員；後來，又聽到他出車禍去世了。半世知音就此永別，我深深感到一股人生的悲哀！

爲了生活，後來我不得不重操農機修理的行業，但日子仍然非常難過。第二年春天，台灣全島又發生了「二二八事件」。雖然我的居住地並沒有受到波及，可我也聽到傳聞說，台灣各地有許多愛國的人民不幸死於這場動亂。爲此，我的心中蓄積了對現實社會的不滿與不平。

國軍與解放軍

一九四八年春天的某個下午。我在大河底一個叫黃阿三的農民家裡修理農機。不料，天要暗時卻下起大雨來了。我回不了家，只得在黃家過夜。當天晚上，我和黃阿三兩人同床共枕；睡前，還聊了好久。聊天當中，我憤憤不平地向黃阿三談到去年發生的「二二八事件」。

「國民黨實在太無理了，那麼多愛國分子都被他們殺害了！」

黃阿三聽我這樣說，立刻伸出手指，作勢要我聲音放低，然後輕聲向我說：「台灣這樣已經算很好了，你不可再嫌！在大陸，國民黨殺人的情形，我若說出來，你也不會相信的。」

「說來聽聽看嘛！」我說。

「在我的家鄉廣東五華，」黃阿三於是告訴我說：「有一回，國民黨爲了要抓一個叫做古大存的反對分子，竟然動員了一千多名軍警，把我們的部落包圍起來；村裡的男人唯恐遭到牽累，一得到風聲就逃到山上去了。那些軍警於是就強住民宅，強姦了許多善良婦女，而且任意宰殺村民飼養的雞鴨；我的一位表叔僅有的一頭耕牛，也被他們殺來吃了……」

黃阿三的這番話讓我聽了之後感到更加地痛心。我沒想到，祖國政府的軍警竟然會是這個樣子！對於未來，我感到茫茫然，不知所從了。正因爲這樣，我更想要理解，究竟眞正的祖國是什麼模樣？

我於是四處尋找那些從大陸回來的人，向他們探聽祖國的消息。就在大南埔，有一個打棉被來賣的人，叫做曾廣琳。我和他混熟了之後才知道，他原來是從江西信豐來的客家人。從此，我就經常找他，談談大陸的風土民情。我後來才曉得，這個曾廣琳在來台灣之前，曾經被國軍抓去當兵，部隊到了湖南之後，他才找到機會，逃脫回家。抗戰結束後，他聽人說，台灣的生活比大陸各省好過得多，於是就隻身過來台灣，並且在同是客家庄的大南埔落腳。

「你是江西人？」有一次，我這樣問曾廣琳：「我聽人家說，江西的瑞金有人民解放軍，不知你有沒有看過？」

「有。」曾廣琳回答說：「他們行軍的時候，也向民家借住；但是它絕對不會破損人民的家具，也不致對民家婦女無禮；而且還助民收割、修築道路。當部隊要移動時，它一定把借住的民家清掃乾淨！……」

我聽他這樣說，心裡驚喜地想道：「如果祖國果眞還有這樣愛民的軍人，那麼，祖國的未來不會是黯然無光的！」

讀書與學習

我四處尋找眞正的祖國的言行，不久便在地方上引起其他有志者的注意。有一天，我那在南埔國小做教員的鄰居黃昌祥（一九五二年三月十四日槍決），帶著校長游金龍（後來移民美國）來找我聊。我們就中國的內戰情勢及台灣的前途問題，交換了各自的意見。最後，他們告訴我，要多看一些漢文的書報雜誌。我很同意他們的意見，只是不知道要到哪裡才能看到這些書報雜誌，於是說：「我是很願意看，只是找不到書來看。」

幾天後，黃昌祥就帶了一本《觀察》雜誌來給我，同時還給我介紹了一名新朋友——三灣鄉的孫阿泉。沒隔幾天，黃昌祥又自己來找我，問我說：「雜誌看了沒有？」我說：「看了。」他便問我：「有什麼感想？」我於是把自己的感想說出來，跟他討論。這樣，黃昌祥要離開的時候，又拿了一本《展望》雜誌給我。他一離開，我立刻就翻開來看，發現裡頭大都是討論中國社會、政治問題的論文，於是就顧不得吃飯，一篇一篇地認眞讀著。

黃昌祥如同前次一樣，幾天後又再來找我，並且問我讀了雜誌以後有什麼感想之類的話；我也都一一地如實回答。這次，跟黃昌祥一起來的人是田美國校的教員蕭春進（後來與黃昌祥同日槍決，享年卅三歲）。蕭春進也是大南埔人。他提到，自己一個人悶著頭讀書，效果總比大家一起讀，一起討論，要來得差！於是建議：「我們爲什麼不搞個定期的讀書會呢？」他看了看我，又說：「宋財，你要不要參加呢？」「好啊！」我說。這之後，我、黃昌祥及蕭春進三人，每隔十天、八天就聚在一起，讀書、討論。我也因此對所讀的議論有了更深一層的體會。

我只在少年時候上過學堂，讀了不到兩年的漢文，對文學可說完全是門外漢。這點，蕭春進給了我許多有效的指導。我記得，他拿過當時河南省參議會議長劉責學所作的一篇上書總統的文章給我看。儘管時間久遠，原來的文章我已經不能全記了，可我還大體記得文章的內容大意是說：「憶自政協時期，中央與中共乃五與一之比；而中共熱誠求和，雙方之條文合理，獨以閣下，爲少數人的利益所誘，致使功敗垂成。」我還記得，劉責學批評國軍的話似乎是這樣說的：「軍隊同屬國軍，又有正牌雜牌之分，軍佐相率吃空額，士兵相率劫民財；奸險捕掠，事同尋常。」另外，我也記得劉責學對國府經濟政策的批評：「經濟濫發紙幣，吸民膏血，每有一度改革，民間就有一大損失，致使富者越富，貧者越貧，造成經濟上的極端不平等。」至於其他細節，因爲時日久遠，我已經記不起來了。

幾天之後，孫阿泉又拿了一篇文章來給我看。雖然時間已經過了四十幾年了，我還記得那是一個叫做陳什麼民的先生寫的，題目是〈記樑上人〉。文章說：「非嫌作賊惡，憐君意志薄；偷人幾文錢，飢寒受桎梏；男兒志頂天，欲竊當竊國；竊國世稱雄，爲民謀眾福；天下若爲公，有誰不悅服；試問樑上人，是否敢竊國？」我讀了以後，深深受到文章暗含的革命思想的影響與鼓舞。

後來，蕭春進又帶了一本《展望》雜誌來給我看。裡頭有一個叫波光先生寫的文章，我到現在還記得它的大意。他說：「人要安分守法，安分守法有百是而無一非；不安分、不守法，有百非而無一是。舉目看之，盡不皆然。法非爲大眾，我們就不能守；法是爲少數人利益所立的法，我們越守法就越恥辱；越守法就越表自己的奴婢性……。」我覺得這篇文章的立意非常正確。所以，一直到今天都還沒有忘記。

後來，我又介紹大南埔的黃龍勝（處刑十年）和小南埔的黃順錦（處刑五年），以及林順輝（自首，已逝）等人參加讀書會；他們都是一般的農民。

到了一九四九年春天，我在北灣公路上發生車禍，因爲受傷嚴重，在家休養了半年多。到了六月，日據時代和我共同祕密慶祝雙十國慶的黃元雙，從三灣大坪村來看我。他問了我傷勢復元的情況後，看看屋內沒人，就邀我參加讀書會。我告訴他說，我已經有參加了。「有參加就好，」他說，「現在要注意，不可以向別人說你有參加。」「我知道，」我說，「組織上有交代。」他然後拿了一篇油印的文章給我看，說是馮玉祥寫的警告美國的文章。

我現在還記得，馮玉祥警告美國說：「不可再援蔣，延長我戰爭；四億萬金圓拋入無底坑，此種冤枉債，我人定不還。」我覺得，他說得非常有道理。我也認為，國民黨向外國借錢，買槍砲來打內戰，打自己的同胞，實在是一種冤枉債。

黃元雙後來就和我說，他要回家了。我留他住一晚，他沒有答應；可他還是再待下來，陪我聊天。我們談得最多的是那年共同慶祝雙十國慶的事；我們沒想到國民黨代表的政府竟然會讓人如此失望……。我們的談話就在彼此都萬分傷感的情緒中結束。黃元雙後來被判刑十三年，從火燒島回來後，沒幾年就病死了。

神桌山祕密研究會

我和黃元雙分別後，仍然處於休養的狀態，沒到外頭活動，也沒什麼人來找我。一直要到十二月的時候，孫阿泉才又跑來找我。他對我說，組織要在神桌山開一個祕密的讀書研究會，時間是十二月十六日，地點在一名叫做劉鼎昌的群眾的竹園下的田寮中。

十六日當天，我就自行前往神桌山劉鼎昌兄的舊田寮。在天黑以前，其他人也都陸陸續續從不同的地方趕到。我記得，參加的人數大概有十五個或是十六個。其中，我原本就認識的有：江添進、孫阿泉、曾興成、彭南華、李旺秀、黃逢開、劉雲輝、張南輝、廖天珠等人，他們都是頭份、三灣、南庄一帶的人。另外，還有幾個外鄉人：老郭（陳福星）、長腳仔（曾永賢）、小劉（黎明華）、阿東牯（徐邁東）和鍾蔚璋。他們當中，除了老郭是台南的福佬人外，都是客家人；其中長腳仔是銅鑼那方面的人，小劉、阿東牯及鍾蔚璋（他當時的化名是什麼我已經記不得了），都是大陸過來的廣東客。

第二天起，我們就在「老郭」的主持下，共同研讀、討論了各種雜誌、《光明報》、五一文件及毛主席的〈論新民主主義〉、王稼祥的〈論黨〉……等文章。

第三天早上，江添進又從山下帶來一個名叫「老吳」的陌生人，加入我們的讀書會。老吳這個人話不多，卻總是在一邊提出一些問題，讓大家討論、思考。我印象最深刻的是，他曾經提過一個問題，引起我們熱烈的討論。他說：「我們中國，曾經在歷史上有過光榮的歷史，可是這一、二百年來，爲什麼卻跟不上人家？」一直要到後來，我才知道，原來老吳就是地下黨主要領導人之一的張志忠。

神桌山的讀書會在廿三日中午結束。吃過飯後，大家就各自下山。

半地下的生活

從神桌山下來後的第三天，也就是十二月廿五日，孫阿泉又跑來見我。他說，有情治人員注意他，要我個別通知其他人，千萬不可有橫的聯繫；如果從外地回來，更要特別小心。

再過兩天，地方上突然出現一個陌生人，說是要找一個叫做「阿川」的人。我想，他所說的「阿川」，其實該是孫阿泉。但是，他爲什麼要找阿泉呢？這樣，我更提高警覺了。

到了晚上，黃逢開來跟我會面。

「阿財哥，」他神情嚴肅地對我說：「阿泉、天珠、添進、阿成（曾興成）和南華都已經脫離家庭，轉入地下了；你自己也要小心一點。」幾天後，逢開弟又來向我轉達上級的指示：立刻脫離家庭，轉入地下。他並沒有告訴我這個上級是誰？我也沒有問他。

我並沒有按照上級的指示行動。我覺得，我的地方還沒有聽到什麼風聲，如果我突然離開，反而對我的地方影響更大。然而，爲了小心起見，我還是暫時沒有回家過夜；一連幾個月，我白天仍在外頭做生意，晚上就到別處過夜。算是處於「半地下」的狀態。

這之後，我聽說，南庄方面的徐承立與李旺秀也轉入地下了。因爲他們和我沒什麼關係，我也就不很在意。不久，李旺秀來找我，我就帶他到田美壟口，一個叫做鄧見生的群眾家裡暫住。鄧見生是個佃農，平常兼作打石碳的零工。

大約又過了一個多月，時序進入一九五〇年了，我得知小南埔的黃順錦已接到蕭春進的指示而急轉地下了。因爲他們和我有關聯，我就更加小心了。

到了三月，大逮捕已在大河底展開了。起先是與組織沒有關係的一般農民，如羅慶增與江清貴等人被捕；再過二、三天，徐木生、湯天忠與黃逢開，也都被捕了。還好，黃逢開被捕後又乘機逃脫；並且立即轉入地下。三月中旬，大河、十股方面又傳來黃元盛、張德有、曾榮進及黃元雙等人被捕的消息。他們都是彭南華的關係。只有黃元雙，曾經在日本時代與我共同慶祝國慶，但後來就沒有什麼組織關係了。

這一波逮捕行動又過了一個多月之後，有一天晚上，已經轉入地下的黃逢開又來和我祕會。「阿財哥，」他對我說：「上面要你立刻脫離家庭。上面以爲，如果你不馬上離開的話，可能會受到敵人的利用……。」我想，到目前爲止，與我有關的人，包括蕭春進、黃昌祥等人，都已經轉入地下，還沒有一個人被捕；而那些被捕者，跟我一點關係都沒有。所以，我認爲，我還沒有轉入地下的必要。我把我的想法說給逢開聽了，並且要他替我向上面轉達。他於是就匆匆離開了。

後來，我白天仍然外出做生意。晚上，回家吃過晚飯後就離開家裡，先是到街上轉一圈，然後才到某個朋友家，或是黃龍勝的牛寮過夜；並且在第二天天亮以前回家。偶爾，我也到外地做生意，三、五天才回來。

六月中旬，曾經在神桌山一起學習的小劉與老郭經過我的地方；我叫黃龍勝先拿食物給他們吃了，然後才帶他們兩人到附近一座日本時代的防空洞過夜。後來，蕭春進與林輝順也前來防空洞，跟我們會面。老郭與小劉先聽我們各自彙報最新的狀況，然後就爲我們分析時勢，並且做一些工作上的原則指示。最後，老郭交代我們說：「這個防空洞非常好，你們可以把各種文件保存在這裡，安全上比較沒有問題。」

我們於是按照老郭的指示，把一些學習文件藏在防空洞裡頭，並且經常利用它作爲會面的地方。「我看這樣還不夠安全，」後來蕭春進又提議說，「萬一有小孩子跑進來玩的話，怎麼辦？我想，如果在洞口擺一個金斗矸（骨灰罈）的話，那些小孩子就不敢跑進來玩了。」林輝順於是就去找了一個金斗矸，擺在洞口。果然，後來一直都不曾有人進來過這個防空洞。

組織的線都斷了

七月初，黃逢開又出來見我。他說：江添進約我於十一號中午十二點到一點之間，在頭屋鄉外獅潭的山上見面。

七月十一日中午，我準時趕到外獅潭的山上，並且見到了轉入地下許久的江添進。江添進原爲三灣鄉公所的職員，我和他雖然曾在神桌山一起學習過，可是在組織上並不屬於同一條線。現在，發展橫的聯繫，也是現實的不得已。我們兩人這次會見所談的，大體是他的地下生活情形。想起來，那情景眞的只能說是「千言萬語談經過，一分榮幸一分憂。」我們一直談到下午四時才分手。分手時，他又再三叮嚀我：「行動要小心！即使是路上擦肩而過的人，也要提防。」最後，我們又彼此互相鼓勵，一定要堅持下去，繼續奮鬥；並且約定下次會面的時間和地點。

一個月後的某天，我按照事先的約定，在中午十二時左右，來到外獅潭進去一個叫做白湖煙的地方，然後找到那支最高的鐵電杜；沒多久，江添進就出現了。我們互相會報彼此的狀況，並且互相鼓勵。

「下禮拜，同一天的下午三點，」分手前，他交代我一個任務。「你到大河底觀音廟前，去接送兩個人。一個是曾經跟我們一起在神桌山學習的長腳仔，另外一個你不認識。」

到了那天下午，三點前，我就先到觀音廟對面的樟樹下等待。到了三點正，剛好有三個人同時走進廟來；我認出其中的長腳仔。但是三人中的一人是名婦女，我不知道她的眞實身分，不敢貿然前去搭線。還好，那名婦女入廟奉茶後就離去了。我於是前去會見他們兩人，然後帶他們北上。因爲還是大白天，我不敢帶他們走大路，只好帶他們穿過永和山腳到下林坪的小道，然後走到大南埔我的群眾黃龍勝的家，在那裡吃了晚飯，也聽他們談了許多走路的困難。當天晚上，我們三人就一起在牛棚下過夜。第二天，他們兩人繼續北上關西。以後，我就再也沒見過他們兩人。

從此，我和組織各方面的聯絡也都突然中斷了。

這時已是一九五〇年夏末秋初的時節了。不管是地下或地上的同志們，都過著萬分痛苦與危險的生活。

轉入地下

到了第二年，也就是一九五一年的春天，我和組織方面的人才又再發生聯繫。

有一天，轉入地下多時的彭南華通過溫龍水的聯絡，約我在南埔要去十股的山窩裡，一個叫張煥庭（已逝）的農民的山上見面。我按時去了。彭南華對我說，他想換一個地方生活，看看我是不是有什麼適合的地方？我於是就帶他到田美鄧見生那裡，跟李旺秀一同生活，並交由見生兄負責。

二月中旬，有一天，我到獅潭鄉所屬的柏樹村（今百壽村）一位黃阿一先生的家修農機。因爲農機的故障不好修，一直修到天都黑了，還沒有修好。

「阿財哥，」黃阿一說，「我看，你晚上就別回去了，在這裡過夜吧！」

「好吧，」我說，「也只好這樣了。」

吃過飯後，小南埔的黃順欽（已逝）出來見我；他就躲在黃家屋後梯田上面竹林中的一座草寮。這天晚上，我就和他共宿草寮；雖然蚊子很多，我們還是談到很晚才睡覺。第二天早上，黃順欽拿一本小冊子給我看，書名應該是《青年的修養》，我記得，作者好像是姓艾，湖南人。書中所談的理論，我覺得非常正確，而且充滿著眞理。只是時間太久了，我現在已經記不起詳細的內容了。我看完那本小冊子，兩人又討論了一會。這時候，時間已是早上十點了，我於是和黃順欽說：「我還要趕回去，幫黃阿一先生把農機修好。」兩人於是忍痛話別。

一個禮拜又過去了。外頭的風聲已經越來越緊張了。我想要防備萬一，就通過余炳欽的介紹，到苗栗街，向一個從海南島來的士兵買了兩支手槍，每支有十三發子彈；一支交給彭南華，一支就留著自用。另外，我還買了四套軍服，交給黃逢開，要他分給其他走路的同志們穿。

這時候，我的工作地帶也經常有一些可疑的人出現了；我防不勝防，只好放棄正常的事務，從此出沒無常。

幾天後，在組織上和我有直接關聯的蕭春進突然被捕了。第二天，我就聽到這個消息。這時，我的心肝就大準備了。當晚，我和南庄南富村的黃順欽、黃龍勝（卅三歲，農民，處刑十年）、徐鼎房（卅八歲，南埔國校教員）、溫德明（廿九歲，農民，處刑五年）、林輝順等幾個與蕭春進有組織關係的人，就在一個叫塚埔坪的地方會面，商量如何應付最新的變局。有人說，所有的人立刻轉入地下；有人不同意，認爲暫時離開這附近，先看看情況如何再決定……。最後，大家同意靈活應付這個危機，視個人的情況而決定：是不是要轉入地下。

這天是一九五一年的六月廿三日。當天晚上，我和大南埔的徐鼎房就轉入地下了。當時，我有感而發地作了一首詩。詩云：

急避虎狼夜脫身，父老子幼靠誰人？
長子姑母又殘廢，懷念家事淚滿襟。
黃昏日暮向南征，滿眼烽煙走路程；
自問此行何處去？神桌山上暫停留。

我後來才知道，到了午夜十二時，住在大南埔的黃龍勝和黃昌祥，以及住在屯營的黃新玉（一九五二年三月十四日槍決，年卅二歲。）和黃阿滿（廿九歲，處刑十年）就被捕了。與此同時，他們也到我家裡抓我。因爲我當晚決定轉入地下，沒有回家，僥倖沒有被捕。可是，他們抓不到我，就把我父親抓走，關了兩個多禮拜後，實在查不出什麼線索，又無法因此把我逼出來，於是才把他放回家。然而，我太太還要被警察逼迫，三不五時就背著才八個月大的孩子，出去找我。

第二天的午夜十二時，又有黃順欽、邱德勝、彭細松（已逝）、黃清祥（已逝）、張煥庭等村民被抓走。林輝順因為剛好不在家裡，沒有被捕。

又過了三天，已經轉入地下的徐鼎房，因為母親鬧要自殺，於是在當地教員鄧裕福的說服下，出來自首。不料，後來卻被判無期徒刑，坐了廿幾年牢，才從火燒島回來。

我轉入地下的當天晚上先在神桌山停留了一陣子，然後就暫時躲到南庄鄉田美村鄧見生家裡。後來，林輝順也來了。這樣又過了三天，我覺得這裡已經不安全了，決定要離開。到了晚上，鄧見生就給我、林輝順和李旺秀三人準備了食物，十點整，我們三人就趁夜出發了。

我們從鄧家後山的牛山寮出發，往南前進，經過一座菜堂，下了一片竹林，然後走到南庄與三灣兩鄉交界處芎蕉湖山上，一個約三丈多高的石崁上頭；這裡既沒有路可以下去，四面也無其他通路。林輝順於是用鐮刀割了十多條枸羌，接起來，然後自己先下去，再把我和李旺秀接下去。這時，我的心情就如同是「二萬五千長征事，身逢其境感哀傷。」我們三人接著又繼續趕路，天亮時，已經走到神桌山的竹園了。李旺秀也已經走不動了，我們就在竹園中休息。

到了晚上，我就自己一個人到附近找一個叫做劉清玉（已逝）的農民；他不是我們的群眾，可我知道他是個同情者。到了劉家，不巧清玉兄剛好不在家；他家裡的人又都不認識我，在萬分無奈中，他的女婿給了我一些食物，我就回到竹園。吃過東西後，我們三人就離開竹園，到山上一個叫做張阿才的農民家裡，他是我們的群眾。到了張家，阿才兄就把我們安排到附近一個山寮住，並且提供我們三餐。這樣，一連過了三天。

第三天午夜的十二點，彭南華也從北部回來了。他認爲，這裡不太安全；因爲山上有工人在砍伐竹子，人來來去去的，容易被人發現，相當危險。我們於是決定，再待一個白天，就要另尋出路。因爲這樣，當天暗下來的時候，南華兄就到三灣與獅潭兩鄉交界處大銃櫃的山上，找一個叫做劉登興（後來自首）的農民，希望他能收留因爲有病而行動不便的李旺秀。天亮前，南華兄又回到神桌山。他告訴我們，劉登興同意讓旺秀暫時住在他家；並且要我們等天黑了時，帶旺秀兄過去。到了晚上九點，我和林輝順就扶著旺秀兄，從神桌山走到大銃櫃，把他交給劉登興照顧。

天亮以前，我和林輝順又回到神桌山的山寮，與彭南華會面。我們三人決定：從此解散，各自行動。當天暗下來時，彭南華自己一個人走了；我和林輝順也離開神桌山，一同回到田美，找鄧見生。

鄧見生見到我就告訴我，我父親和另外幾個被抓的人已經放回來了。我和林輝順不敢在鄧見生的家裡過夜，於是就走到山上，找了一顆大石頭，就在石頭下打地鋪。這樣，由見生兄供給食物，又過了十幾天。因爲是夏天，睡在泥地上也不覺得苦；可要碰到下雨天，那就慘了。我們覺得，這裡也不是能夠安全久居的地方，兩人就決定分手，各自尋找出路。臨走時，林輝順告訴我說，他要北上到頭份南坑那邊去。我們於是約定八月十四日，回來這裡碰面。

槍戰大銃櫃

在鄧見生家屋後頭的大石下和林輝順分手後，我就南下柏樹（今獅潭鄉百壽村），找黃順欽。黃順欽於是帶我到黃阿一的竹林，和他一起住。這時候，正值收割季節，黃阿一家經常有協助收割的工人出入。我覺得這裡也不是安全的地方。因此，只住了三天，就離開了。

離開柏樹以後，我就到大銃櫃劉登興的山寮，與李旺秀一同住。這時，彭南華恰好也在這裡。

「旺秀的病又加重了，現在已經完全走不動了；你看，如何是好？」南華兄問我。其實，我也不知究竟如何是好？因此就沒有回答他。這樣，彼此都在憂煩中入睡。後來，我在睡夢中被一陣奇怪的聲音驚醒。我看看錶，時間是午夜兩點左右；我仔細聽，聲音是從對面山下傳來的，足足有二、三分鐘之久；然後又一連發出兩次像是暗號的敲擊竹板的聲音。我整個人立刻處於警戒狀態，再也無法入睡了。

後來，一直到天亮，我都沒有再聽到什麼異樣的聲音。當劉登興送飯來給我們吃時，我就把半夜的情況告訴他，並且問他說：「你有沒有聽到什麼風聲？」

「沒有啊！」劉登興若無其事地說。「那裡有什麼聲音？我整個晚上都沒有聽到。」

我想，也許是我自己精神太過緊張了；事實上，也許的確沒有什麼怪聲的。

這天，我記得，是七月廿四日。晚上七時，彭南華對我說，他要下山，找溫龍水，請他給李旺秀買藥。

「我可能要兩到三個晚上才會回來。」南華兄臨走時交代說：「你們自己小心一點。」

到了下半夜，大約三點左右，我和李旺秀在睡夢中，突然被對面劉登興家傳來的一陣槍響聲驚醒。我們知道，一定有什麼大事情發生了。我於是先把旺秀兄扶到一處草頭下躲藏，並且吩咐他：「絕對不可以出聲。」然後，我就朝著劉登興家的竹頭下連發兩槍；因爲怕誤傷到劉登興的家人，我不敢再開槍了。我看到，劉登興在槍響後乘機從後門逃走了。又過了大約五分鐘後，一共廿幾個情治人員才拿著手電筒追來，四處亂照。然後，我看到，他們把未及逃走的登興嫂抓來問話。

「你們家有什麼人在這裡過夜？」

登興嫂說：「沒有。」

那名問話的情治人員立刻就打了她兩個巴掌。另外一名情治人員就制止他說：「不要打她，要她說實話就好了。」然後，他又轉向登興嫂說：「妳就把妳所知道的照實講就好了。」

登興嫂就說：「我有一個才兩個月大的小孩，所以，我很早就上床照顧小孩；家裡有什麼人來過？我也不知道。不過，我在睡夢中聽到有人講話的聲音，好像是要我老公去幫他割稻。但是，他究竟有沒有去，我也不知道……。」

問話就這樣告一段落。登興嫂又被那些情治人員帶下山。後來，我聽說，她被打了一頓；因爲實在問不出什麼來才又把她放回家。

我在劉家對面的寮下，忽然聽不到一點人聲，覺得不太安全，於是就急下小圳，進入一條山溪。這時，我看到山腳下的一塊巨石上，有一個人光著上身坐在那裡。

「誰？」我覺得奇怪就低聲問說。

「是我。」對方立刻回應，「你是不是阿財哥？我是阿開仔啦。」

我放心了，原來是自己人黃逢開。

我和阿開仔兩人於是就急速走過圳頭，從坑唇直上高山，然後在一處隱蔽的石壁下坐下來。阿開仔告訴我說，他與銅鑼方面的同志羅坤春一起北上，是爲了與某人會面；但那人卻沒有按時來會面。他們於是又急著趕回在獅潭七古林的基地。大約在午夜十二點左右，他們走到劉登興的家裡；劉登興給他們吃過飯後，就帶他們到屋後炭寮下休息。阿開仔說，羅坤春和他要在天亮以前趕回去，所以預定三點起來，繼續趕路。三點的時候，阿開說，他和羅坤春就起身了。可當他們走到劉家門口時，他們看到似乎有異樣的人影躲在暗處；他們感到不妙，立刻大步轉向後頭。就在這時，槍聲忽然在身後大響。羅坤春身上有槍，也回了二、三槍，然後跳過小溪逃走。阿開仔說，他自己在逃跑的時候不小心在溪中跌倒，身上的衣服都被樹枝扯爛了，手榴彈也掉了⋯⋯。

我聽黃逢開這樣說，心情難過得不知說些什麼來安慰他。兩人都沉默著。下半夜的月光微明地照在山林裡頭。

「阿坤哥現在也不知是生還是死？」阿開仔接著打破沉默，非常痛心地說。

「旺秀也不知道有沒有被抓走？」我也憂心地說。

我們兩個因此又再度陷入痛苦的無言中。

到了中午，我們更是餓得不想開口了。後來，黃逢開站起來，看看天色，說：「還好，天公沒有下雨。我去找找看有沒有什麼可以吃的？」大約一刻鐘後，阿開仔採了約有半捆的杆草心（嫩芒草）回來了。我們兩個就生吃那些杆草心來充飢。吃過草，兩個人又開始相談；一直談到下午四點多。

「我打算北上四十二分（新竹縣北埔鄉），」我跟黃逢開說：「你和我一同去吧！」

「不行，」阿開仔說，「我在南部方面（指獅潭）的工作還很多，不能這樣離開。」

我當時覺得，黃逢開的意志非常堅強，也就不再說服他了。到了下午六點左右，天就要暗下來了，我們也就各自上路。

「阿開仔，」走了幾步，我又回頭對黃逢開說：「你沒穿上衣，在路上被人碰到要怎麼說呢？你可以先到劉登興家對面的草寮，我還有兩件上衣放在那裡，你拿去穿吧！」

黃逢開說：「好。」我們兩個再次道別，可走了三、五步，兩人又都萬分不捨地回頭。我沒想到，我和阿開仔竟然從此永別。

我後來聽說，阿開仔到草寮拿衣服時，碰到還躲在草寮中的李旺秀；兩人談了一些話，阿開仔穿了衣服後，就與旺秀兄握手分別了。當天晚上，阿開仔在百壽村黃順欽的草寮，與他共住了一晚；並且告訴他大銃櫃發生的槍戰經過。第二天，他又繼續南下。順欽兄聽到阿開仔說大銃櫃出事了，認爲自己的地方也不安全了；當天晚上就轉移了。

化整為零

我和黃逢開分手後，就到神桌山，找張阿才。我告訴他，劉登興家出事了，並且要他設法讓彭南華知道這個狀況。

「南華哥下山去買藥，一定不知道山上出事了；」我跟張阿才說：「他如果回去，一定會有危險的。」

當天晚上，午夜十二點，張阿才和彭南華會面，告訴他說：「山上出事了，你不可以回去。」然後又帶他來和我會面。我和彭南華又一同走到十股，找溫龍水；要他設法打聽大銃櫃那邊的情況。

第二天，溫龍水就找了一個叫做黃才的群眾，要他到劉登興家附近去瞭解狀況。黃才於是假裝割草，走到山寮那裡去；他先是看到劉登興的內人送食物進去，等她離開後，他才走進去，並且看到旺秀兄正在那裡吃東西。他立刻趕回來，向我們會報。黃才還告訴我們，他聽旺秀說，事情發生的第二天，晚上十二點左右，又有一批情治人員到劉家搜查；此外，他還聽到哨子聲從三個不同的地方響起，一直要到凌晨四點左右，才又安靜下來。

我和彭南華聽黃才這樣說，都認爲劉登興那個地方非常危險，一定要及時將李旺秀轉移。當天晚上六點半左右，我和南華哥及黃才又到大銃櫃，並且找來劉登興，四人決心不顧生死一定要把李旺秀救出去。我們於是到草寮中背旺秀哥，大家輪流，先是往山上走，然後經過大草原、山峴、竹園、石崁、松林以及危險萬分的小徑；在缺衣、缺食、缺醫藥的情況下，我們憑著人類本能的意志力，背著李旺秀，過了一山又一山，終於在午夜兩點左右，到達大河村我們的群眾劉清泓（廿九歲，農民，處刑十二年）的竹園。清泓哥早就在那裡等著了，我們一到，立刻就一同搭了座簡單的草寮，讓李旺秀暫時避難。此後，他的生活就由清泓哥負責。

一切妥當後，黃才就趕回家去；劉登興則前往距離大河底不遠、造橋與三灣兩鄉交界處的二寮坑；南華兄沒說要去哪裡，就走了；我也沒問他。我要走時，覺得不太放心，就回過來跟劉清泓交代說：「旺秀的病已經很嚴重了，萬一不幸，你絕對不可以讓外頭曉得；否則，事情將很嚴重。你只要把他祕密入土就可以了……。」

「你放心吧，」劉清泓也同意我的意見說：「我會照你的話去做的。」

我又走回去，對李旺秀說：「旺秀哥，保重了！再過五、六天，我會再回來看你的。」

從此以後，我們就化整爲零了。

走投無路

離開劉清泓的竹園後，我又到南庄鄉田美，找鄧見生；在他那裡住了五天。第六天，我先去三灣鄉十股，找溫龍水；要他到街上給李旺秀買藥。晚上，我又回到劉清泓的竹園看李旺秀。這時候，李旺秀已經完全不能行動了。我們兩人談了約有三小時久的話，他所談的，大體是萬一不幸，他的家中要如何處理？我因爲白天不能行動，而且又避無定所，實在也幫不上他的忙，只好設法安慰他：「暫時忍耐，不要灰心，更不要傷心。」然後，又不得已地和他再次話別。

我然後就直上神桌山，想去找劉清玉；可他又剛好不在家，而且前次我和林輝順及李旺秀避居的草寮也已經拆掉了。這樣，我只好在山中露宿了。第二天晚上，我只好又回到田美鄧見生山上的草寮，暫時居住。因爲再過廿天，就是八月十四日，我和林輝順分手時曾經約定這一天兩人要會面的；所以，我決定就在這裡等他。

八月十四日晚上，大約十二點左右，林輝順平安地出現了。我們就在草寮中互相報告彼此分手以來的情況。他告訴我，這段日子，他都在幫人做田或者運送木材。

三天後，林輝順又要走了。

我問他：「你這次打算去哪裡？」

「我要去南坑幫人家除草。」他說。

我們於是又約定下次會面的時間是十月十五日；地點還是在鄧見生的山上。

我和林輝順分手後，又再上神桌山，找劉清玉。這次，我終於見到阿玉哥了。

阿玉哥首先對我說：「半個月前，張阿才、劉清泓和我，三個人把旺秀哥背到位於南庄鄉西村中港溪左側大屋坑，他一個宗親家，暫時居住；這樣，他醫病也方便些。」然後，他又說：「我這裡不時有異樣人物來查，可說是草木皆兵，非常險惡；你最好暫時走遠一點，比較安全。」

我聽了就不高興地說：「現在，各地的風聲也都非常急迫，我實在是走投無路了；你叫我如何是好？」

「前一個月，」阿玉哥說：「我有碰到你大哥。他問我知不知道你在哪裡？如果知道，他要我告訴你，他在北埔四十二分坪一個羅先生那裡，藏有四百斤的穀物。他說，那裡人家少，一定安全；而且也可以給羅先生做除草的事……。」

我聽了覺得非常好，有想要去。可是，我又有所顧慮地說：「我自己一個人上去，也太孤單了；而且也聽不到什麼消息。」

「你可以找黃順欽一同去啊！」阿玉哥說。

我說：「順欽哥現在也不知跑到什麼地方去了？」

「他父親可能知道。」阿玉哥又指點我說。

當天晚上，我就急忙趕去柏樹村，會見黃順欽的父親。他一見到我，眼淚就拚命地從兩顆眼珠裡頭流了出來；然後向我哭訴說：「我的大兒子順錦（卅三歲，農民，處刑五年）已經被抓走了，現在，第二的兒子順欽，也不知道逃到什麼地方了？」

我想，這樣的悲慘遭遇，任何人也難以承受的。我一時傷感地不知如何來安慰他，於是說：「我來找順欽，是要他一起北上，有一個安全的地方可以躲避。」

黃順欽的父親聽我這樣說，就向我解釋說：「自從劉登興的家裡發生事情以後，他的行動我就完全不知了；他也沒有跟我聯絡，他的妻子又不行正道，跟一個要抓他的人私通。我十分無奈，不知如何是好？也只能忍氣呑聲過日子啊！」接著，他又說：「我的地方常有一些陌生人出現，我們在這裡談話不太安全；你還是趕快離開吧！」

黃順欽的父親既然這樣說，我只好沉痛地向他告別。

我才剛要跨過門檻的時候，黃順欽的父親突然又把我拉回去；同時從口袋裡拿了五十元，塞給我，說：「你萬一有碰到順欽的話，就幫我交給他。」

我再次向黃順欽的父親告別。然後，我就往北，越過神桌山，經南庄鄉田美村西邊山頂的大湖頂，過田美，一直走到位於田美村南邊的桂竹林的半山腰。因爲急著趕路，我這段路是兩天兩夜不眠不休走下來的；後來實在走得太累了，於是在一處竹頭下坐下來，心想休息片刻再走吧！不料，我這一坐竟不知不覺睡著了。一直要到第二天早上八點左右，我才被竹園裡頭發出的聲音驚醒。我睜開眼睛，看到前面竹林裡頭有一個女人在那裡邊割竹筍邊往我這裡看。

她看到我醒過來了，就問我：「你是誰？怎麼會在這裡睡覺？」

「小聲一點！」我急著制止她。「我有一些事要辦，馬上就離開。」

她又問我：「什麼事情？」

「我因爲盜伐木材，出了事，」我騙她說。「現在要暫時避一避。」

「你騙我。」那女子說：「你是修理針車的人，怎麼又會去做木材生意呢？以前，你給我姑姑修過針車。……我想起來了，你是阿財哥，是吧！」

「是。」我想，她既然認得我，也就不否認了。

「我想，」她又說：「你可能與我老師碰到同樣的事吧！」

「你的老師是誰？」我問她。

「大南埔的蕭春進先生，」她說：「他原來在田美國小教書；我從前在夜間部給他教過。這個人是個大好人；可是，幾個月前卻被抓走了，一直到現在還沒有回來。……蕭先生實在可憐！」

我聽她這樣說，對她就比較放心了。

「你有吃飯沒有？」她又關心地問我。

「受難的人，有吃沒吃都無所謂；」我告訴她說：「只要安全就好了。」

「我姑姑去南庄了，現在無人在家；我先回去。」她說，「我還要再上山來割豬菜（地瓜葉），你在這等一等，我回去拿幾個粽子來給你吃。」然後不管我有沒有接受她的意見就回家了。

我於是到竹林側面的菜園唇，從高處看著她走進她家。她進去不到十分鐘就出來了，手裡多了一個菜籃子。我想，吃點東西再走，總比餓著肚子要有把握吧。我於是又回到竹頭下等她。不一會，她就到了。她一句話不說，就從菜籃裡拿出七個粽子和一角粳粄給我，然後才說：「家裡沒什麼東西，就只有這些，你拿去吃吧。吃飽了才能走路。」

我懷著萬分感謝的心情無言地接下了。然後，又問她：「我要去蕃婆石②，妳知不知道要怎麼走？」

她於是熱心地告訴我：「你從這裡上去有座菜園，上面有一粒大石頭；大石頭下面有一條小路，你就從南邊過，然後經過一片桂竹林，林下有一個小礦坑，你就從那裡直直下，下到有水田的地方，再走進去，就是蕃婆石。」

我再次向她說謝，然後就向她告別，並按著她指示的方向，往前走。

其實，我並不是要去蕃婆石，而是要去北埔的四十二分。我因爲怕行蹤被發現，而故意騙她的。因此，心裡一直覺得過意不去。我走了一段路，當她看不到我時，我就轉往橫屏背方向，想從那裡過去四十二分；可我走到橫屏背時，身體已經萬分疲累了。我於是在一棵大樹下坐下來休息。人一休息，肚子就餓了；於是就吃下半片粳粄。我一邊嚼著粳粄，一邊就想到一個不認識的鄉下女子給我食物的好心而深深感謝著。我想，日後如果能成功的話，一定要回來恩報；如果失敗，就枉費了她恩愛之深了。我這樣前思後想，心裡就更加感傷；看看已經日近下午了，就起身，繼續趕路。

我先是走進一片松樹林，然後又走過一片桂竹林，再沿著坑底，一直走下去，終於走到北埔四十二分羅先生的田腳；羅先生的屋家就在田的上面。

我走到他家門前大聲喊道：「羅先生有在家嗎？」

一個婦人聞聲從屋裡頭走出來，說：「不在。」然後問我：「你是誰？找我老公，有什麼事嗎？」

我說：「我是做木材生意的人，有事情要拜託他。」

「他五天前進去山裡做事了，什麼時候回來也不一定？」她說，「你有什麼事就先告訴我。」

「我聽人說，」我不敢貿然向她表明來意，就隨便編了個理由給她聽。「姜頭家（北埔的大地主）的山林交給羅先生代管，聽講有木材要賣？」

「這種事情我就不知道了，」她說：「沒錯，頭家的山林是有很多；可是要不要賣？這我就不知道了。」

這時，我看到一個約十五、六歲的男孩從外頭回來，就隨口問她：「這是你兒子嗎？」

「是啊。」她說。

我想麻煩他到北埔，把我哥哥找來，於是就對他說：「我給你二十元，麻煩你到北埔，請宋松傳先生來一趟，可不可以？」

那個男孩看看母親；她並沒有同意，他也就不去了。我無可奈何，只好向他們母子倆告別。這時，天色看起來已經是黃昏了。

一起出來

離開羅家後，我又再上橫屏背，然後從這裡回南，一路下到北埔鄉小南坑。這時候，天色已經開始暗了。我想，就在這裡過夜吧，於是就在山林裡找到一座林班工人的工寮；我看看裡面沒有人，就進去了。這一晚，我一躺下來就睡著了；而且是一覺到天亮。醒來以後，吃了一個粽子，我就到山林裡頭的一顆大石頭上，坐著想事情。我前思後想，心裡想得有點亂了；最後，我想，還是回到田美鄧見生那裡去吧。這樣，下午六點半，當天色暗下來的時候，我又開始趕夜路。先過北埔鄉大南坑，再過峨嵋鄉藤坪，終於在午夜十二點前，走到田美鄧見生的家裡。

我雖然又回到鄧家的山寮，可為了安全起見，我仍然保持居無定所的狀態；二、三天又到別的地方過夜。這時候，因為長期的缺乏營養吧，我也和李旺秀一樣，罹患了軟腳病；左腰積水，腳盤腫痛；行動已經非常困難了。我託見生哥到藥房給我買藥；可服過以後並沒有見效。因為這樣，我的情緒陷入從來沒有過的低潮。我心裡頭在想：「現在，我得了這樣的病，走也走不動了，如果還決心堅持下去的話，恐怕只有死路一條了。除非先把它治好。可我又不能公開去看病……。」說句老實話，當時，死，我是早有覺悟的！可這病卻讓我只能坐著等死，而這是我最最不願意看到的結局。我告訴自己，無論如何一定要跟它鬥爭到底。因此，當我聽到住在大屋坑的蕭阿泉先生有治軟腳病的秘方時，我就顧不得腳的痛苦，連夜冒雨走山路，去拜訪他。

蕭阿泉先生是我大哥的同年，他也認得我；而且知道我的身分。當天晚上，他就讓我在他家過夜。第二天一早，他上街抓了一個禮拜的藥給我；並且要我住下來，看看服藥以後的效果如何。因爲他和弟弟之間有些不合，他不敢讓我在家裡住，就把我帶到他家對面山上的一個天然石洞中住；同時，每天供給我兩餐。這樣，過了三天，食藥的效果並不大。我心裡覺得，這裡也不是可以久居的地方，於是就向他言謝、告別。

我又回到鄧見生的山寮。這時，已經是十月十二日了。再過三天，就是我和林輝順約定會面的日子。我決定在這裡等他。

十五日晚上，十點半前後，林輝順按時來了。我們能夠再見面，兩人都非常高興；然後又談起這段時日以來各自的流亡事情。談話中，見生哥給我們送飯菜來了。

「先吃吧！」見生哥說，「吃飽，再慢慢談。」

吃過飯後，我們三人就走出草寮，往山上走去，找了一顆上面較平的大石頭，坐下來。

「現在，」林輝順先開口，「每個地方的情況都很急迫；我自己走過的地方已經沒有辦法再回去了。像這樣，如果再堅持下去，恐怕也堅持不久了；實在是走投無路了啊！……如果說，以後完全要見生哥負責我們的生活；我以爲，這也不是辦法。」

我不知道該說什麼好，只好忍著眼淚，往肚裡流。三人也都沉默著，無言而對了好一陣子。

「我看到報紙有登說，」見生哥打破這讓人感到心冷的沉默，說：「十月可以辦自首。只是不知道安不安全？」

「這條新聞，我也有看到；」林輝順接著說：「我想不太安全。」見生哥於是附和說：「如果走這條路的話，我們還要想到，以後要如何面對過去的朋友和同志們。」

我想，話談到這裡，我不能不表態了。可對我來說，這是一個殘酷的時刻。結果，我還是迴避正面去談這個問題。

「現在，旺秀哥生死不明，」我說：「我又有病，行動不方便。如果要堅持下去，最少也要三年二載，才會有結果；這樣，這段期間的生活，就完全要靠見生哥的支持了。但是，這實在也不太可能……。」

這時，林輝順已經忍不住心中的艱苦，眼淚流得滿臉都是了。我也就不再說下去了。一時之間，三個人又都沉默著，不知道說什麼才好。

「我們這樣傷心下去，也不是解決的辦法，」見生哥再次打破沉默。「我看，還是大家說出心裡的想法，再共同決定要怎麼辦？」

「我看，這樣好了，」我想，我不能不做個決定了。「我先去和南華哥會面，看看他有沒有什麼意見？如果他那邊也同意出去，大家就只好一起走這條路了……。」

他們兩人都同意我的意見。我於是立刻動身，找到溫龍水；他又再聯絡彭南華，三人一起會議。

「你的近況如何？」我先開口問彭南華。

彭南華簡單地答說：「十分辛苦！」

「旺秀呢？」

「我也不知道，」彭南華說，「上面已經都沒有消息了。」

「現在，各地的情況都萬分險惡，如果我們再堅持下去，恐怕也只有死路一條。」我鼓足勇氣表明來意，說：「我和輝順及見生哥談了整個晚上，我們打算走『自首』這條路，不知道你們的意見如何？所以，特地前來相見。」

我一口氣說完了這些話之後，就像一只洩了氣的皮球一樣，整個人處於癱軟的狀態；無言地低下頭來。他們兩人也都沒有說話；氣氛很沉悶。

有一陣子之後，溫龍水才憤憤地說：「如果走這條路，等於自入囚牢；而且，以後要如何見人？」

「現在，各地的風聲急迫，上面的音訊又全都斷了；」我試著分析客觀的情勢給他聽，「再說，地下生活的人老是在自己的家鄉奔走，是很危險的；可我們又沒有條件遠走他方。我們實在沒有條件再支持下去了啊！……」

「如果就這樣出去，以後，絕對見不得人。」彭南華說話了。

我聽得出來，此時，彭南華和我們一樣，內心正飽受著矛盾的煎熬。我於是勸他說：「我們既不是強盜、小偷，又沒有殺人放火；只是政治思想和當政者不同而已。有什麼見不得人呢？」

我們之間又討論了好久，最後，他們也決定大家一起出去。彭南華並且建議說：「要出的話，一定要以各地方爲單位出去；而且，不可牽連太多；否則將很難辦理。」

我們於是決定：大河底和獅潭鄉新庄方面，由彭南華聯絡；地上、地下，全部出來。南埔、員林方面，由我聯絡，一樣要全部出來。而且，兩地各自負責，絕對不可有任何關聯；於十月二十日晚上，一起出去。

當時，已經是十七日的晚上了。

我於是對彭南華說：「我現在就趕回去，讓見生哥和輝順知道我們的決定；也聽聽他們有沒有什麼意見？十九日晚上，我再回來和你會面，看看有沒有什麼變動？」

然後，我就連夜趕回去見生哥的草寮，向他和林輝順報告南華哥那邊也同意出去的決定。同時拜託見生哥，聯絡所有有關的人，要他們在二十日晚上，全部出去「自首」。

十九日晚上，我又再去和彭南華及溫龍水會面。不料，他們卻變卦，決定不出去了。

「你們也不可以出去，」彭南華對我說：「自首，只有死路一條。」

事情的發展已經讓我沒法改變原先的決定了。

「我那邊已經聯絡好，一共十幾個人，明天晚上要一起出去；現在改變決定已經來不及了。」我向彭南華和溫龍水解釋說：「你們想想看，我們白天不能出去活動，只有今天晚上可以聯絡；在這麼短的時間內，你們要我再去說服十幾個人，那是不可能的！這樣，只要有一個人還是按照先前的約定出去了，那就更不得了……。」

「你要出去，你就出去好了！」溫龍水根本聽不進我的解釋，負氣地說：「你絕對不可以牽連到我的地方。」

聽他這樣說，我感到非常痛心，眼淚終於忍不住流了出來。他們兩人也都流著淚，無言地坐著。這時，已經是二更時分了。我於是痛苦地下了最大的決心，向他們兩人告別，然後從芎蕉湖（位於南庄鄉南富村）山上走回鄧見生的草寮。

「大河底方面的人決定不出去了……。」我跟鄧見生和林輝順報告說。

林輝順感到訝異地說：「怎麼會這樣？」

「我都聯絡好了，」鄧見生說：「不出去不行的。」

我於是痛下決心說：「今天晚上，我們還是按計劃，出去。」

新鬼和楚囚

一九五一年十月二十日，晚上八點，我們一共十幾個人，集體向南庄鄉大南埔派出所辦理「自首」。當班的張姓警員驚喜萬分，立刻向竹南分局通報。竹南分局馬上就派了三名幹員，到派出所和我們談話。

「今天晚上，你們就先回家休息吧！」他們問明狀況後對我們說。「明天早上十點，你們統統都要來派出所，寫自首書。」

第二天早上，我們又按時來到派出所，寫自白書；會寫字的就自己寫，不識字的就由警方派人代寫。自白書的內容大體是要我們交代：過去的組織、工作及行動，與其他人的來往經過，以及當下的感想。最後，也要我們宣誓：從今以後，一定要信任政府，並與政府的工作人員合作，安心工作……等等。寫完自白書，他們又一一和我們個別談話；然後才讓我們回家。

兩天後，也就是十月二十三日，我聽到風聲說，彭南華也出來了。隔天晚上，已經和我失去聯絡多時的黃順欽，竟然偷偷跑到我家，來見我。

「你出去以後究竟安不安全？」他第一句話就這樣問我。

「我出來才幾天而已，目前雖然沒怎麼樣，可是以後究竟會怎樣？我也沒有把握。……」我照實對他說，「你如果要出來，記住，過去與你有關的人，一定要統統帶出來。這樣，才不會惹麻煩。」

第二天，黃順欽就回家裡管區所在的柏樹派出所，辦理「自首」。

又過了一個禮拜後，竹南分局的一名李姓組長又把我找去談話。

「據我所知，」他說：「和你有關係的人還有曾興成、江添進、孫阿泉和廖承立等人沒有出來；你到他們可能去的地方找找看，想辦法把他們也帶出來。」

從此以後，我每天都要到竹南分局報到，向李組長報告尋找江添進等人的情況。那時候，我身上的病還沒有復原；對這種事，除了心裡上百般的不情願之外，生理上也實在難以應付。因爲這樣，我對未來也抱著非常消極的態度。我想，人生至此，不如自了殘生算了！

後來，黃順欽來看我，並且談了一天的話。他看我這樣悲觀，就極力地鼓勵我：「不管怎樣，我們一定要鼓起勇氣，衝破一切困難，創造殘留的人生價值。否則，……」他非常感慨地說：「我們也不必出來了！」

我聽了黃順欽的勸，仍然每天拖著有病的身體，到各處尋找那些還沒有出來的同志們。

幾天後，苗栗縣警察局的專案人員又約我去談話；目的還是要我加緊把那些還在逃亡的同志們找到，並且帶出來。

有一天，我有事去新竹，在火車上，無意中碰到曾經在神桌山一起學習的小劉；我就走過去，和他小聲談話。我告訴他，我已經出來「自首」了。他說，他的情況也好不到哪裡去；他在桃園龍潭被捕，現下，調查局要他去把過去有關的人找出來。我說，我也是。我們在新竹下車，他就帶我到調查局新竹辦事處，向我詳細說明辦「自首」的利害關係。他一再向我強調：「過去和你有關的人，不管是曾經收留你過夜，或是給你飯吃的人；你都要帶他們出來報備。要不然，以後還會有很麻煩的事。」後來，有一個叫俞洵初的專員來和我談話。他對我非常親切地說：「你回去以後，把過去所有和你有關的人都帶出來，我一定讓他們安全無事。……你對政府要信任，儘管安心工作好了。」談完話之後，這個俞專員又親自送我去火車站，並給我買了車票，送我上車。

我回到家後，前思後想，究竟還有哪些和我有關的人沒去備案呢？最後，我想到的是神桌山的劉清玉、張阿才和黃逢才，他們三人和我多少有點關係。於是，第二天，我就帶他們去調查局新竹站，向俞專員辦理「自首」。

幾天後，俞專員和另一名叫徐廣立的調查員又專程到我家，和我談話。他們向我分析了萬一被發現「自首不清」的嚴重性，要我一定要仔細想想：「是不是該交代的都說了？有沒有保留什麼?」最後，我終於被他們說服了，於是回房裡，把那枝藏起來的手槍拿出來，交給他們。他們走了以後，我又想到提供場地和食物，讓我們在神桌山搞學習班的劉鼎昌也沒有去備案；我於是立刻去找他，帶他到新竹辦「自首」。

到了第二年，也就是一九五二年的三月中旬，大河底方面又有五、六個人被抓走。大河底是彭南華的地方，據我所知，這個事件和南華哥出來時沒有全部出清有關。我個人以爲，就這個事情來說，彭南華很難對歷史脫罪。相較而言，南埔方面，自從我出來以後就沒有人再被抓走了……。

這件不幸發生之後，我仍然繼續在找曾興成、江添進、孫阿泉和徐承立等人。終於，我找到曾興成了，並且把他帶出來，交給徐廣立先生辦理。後來，警察局方面知道了這件事，就故意找我的麻煩。前前後後，我一共被竹南分局約談了十八次；苗栗總局約談了十二次；而且還被保安司令部叫去台北，做了三次證人。我後來才知道，原來這是警察單位與調查單位在搶功。

就在那陣子，我又聽到先前陸續被捕的人裡頭，蕭春進、黃昌祥和黃新玉三人被槍殺了，其他人則分別判處無期徒刑、十二年、十年、五年等，一共有十幾個人。眞是「幾多志士成新鬼，不少賢良成楚囚」啊!

空拋壯志幾堪哀

事情漸漸地告個段落了。

接下來，我要面對的就是現實的生活了。那時候，我的家境可以一句話來形容，那就是：「父臥病床兒泣飢」。而我自己身體不好，每天也要吃藥治病。可錢要從哪裡來卻是一個大問題。因爲我涉及的是「罪大惡極」的「匪諜」案件，親友們相見，心裡雖然不一定這樣想，卻都是敬而遠之。我自己原來的事業，也已經無法經營下去了。我想，我當時的處境正是古人所言的：「英雄反被英雄誤，我被詩書誤半生。」

後來，我只好待在家裡，靠自己的技術，製作農用的噴霧機、散粉機和棉花脫子機，維持最簡單的生活。我身上的病也一天天地好轉起來。一直到一九五六年秋天，我那在東京經商的弟弟，因爲賺了點錢，就資助我三萬元。我於是在第二年移居頭份街上，並開了家機車修理店。這樣，我個人人生的半世悲劇，終於告個段落了。

我想，我這幾十年來的辛酸往事，只能說是「美好青春消散去，空拋壯志幾堪哀」吧！

再上神桌山

自從那年出來以後，我就沒有再上過神桌山了。

一九八三年，也許是因爲老了的緣故，我竟然懷念起壯年時代的志業，於是就自己一個人再上神桌山。當時，我還寫了一首感懷當年革命往事的詩：

懷下壯年志
再上神桌山
遙遠來尋故地
舊貌變草原
東西山水如舊在
南北兩地絕人煙
半生事業等閒過
空留遺恨在人間
多少青年空論政

頭顱落地血斑斑
患難屈指三二秋
今日舊地再重遊
大好河山遺恨在
滿腔熱血付東流

注釋：

①根據當時的觀測結果，這次地震的震央位於苗栗縣南境關刀山南南東三公里處；震央發震的時間，被推定爲當天上午的六時一分五十七．五秒；震因經認定爲斷層所致；主要震域包括新竹南部、苗栗及台中北部一帶。從地震當時各地測得的震度得知，由於受到地質斷層構造的影響，大南埔、大河底……等地爲震度最強的幾個地區；因此，死傷人數也最多。

根據當時「台北觀測所」編印的〈新竹台中烈震報告〉，宋松財住地大南埔所屬的南庄腳的罹難人數是一百二十五人，四百八十八人受傷；另外，大南埔全庄的房屋統統倒塌，無一倖免。

②蕃婆石，位於南庄鄉東河村，因距東河約一公里多的下游靠岸地方有一塊四十多平方公尺的長形巨石，住附近的原住民老婆婆們每天都到這裡織布、曬衣、聊天而得名。

無顏見江東父老

——彭南華的證言

彭南華（1911-1998），原三灣鄉公所職員，三灣鄉「三民主義青年團」團長。

根據《安全局機密文件》「匪台灣民主自治同盟竹南支部曾文章等叛亂案」檔案所載：彭南華係「一九四八年間建立」之「匪台灣省工委會所屬竹南地委會竹南支部」，在「南莊（庄）、三灣、大河底」等地之「重要匪幹」之一；負責代名為「櫻第二組」之三灣第二小組的基層機構，並已發展至獅潭鄉紙湖村一帶。

一九四八年秋天，彭南華與鄉公所同事孫阿泉，一面向佃農宣傳鼓動農會為佃農之農會，一面培植群眾領袖及前進分子出來競選農會理幹事，而在四十名農民代表中一舉贏得廿六名，並讓支持者當選理事長。

一九五〇年三月一日，國防部保密局在該地區展開搜捕行動，彭南華與其他重要「匪幹」皆在事前「聞風逃遁」。

殖民地的孩子

我在南庄鄉出世。大南埔公學校畢業後，我們家搬到三灣鄉河底。我十五歲那年，父親病逝；家庭的經濟立即陷入困境。因爲這樣，大我六歲的哥哥就自己一個人，移民到後山花蓮，謀求生路。三年後，十八歲的我才又帶著母親，移民過去。

到了花蓮以後，剛好看到花蓮郵局招募配達員（郵差）的布告，我於是就去報考，並且僥倖讓我考上。

在我十三、四歲的時候，就經常聽我一個親戚廖喜郎向我談到文化協會、農民組合的事情；西安事變後，他和許多有民族意識的台灣人都前去大陸，投入蔣介石領導的抗日隊伍；他後來死在大陸。受到他的影響，我的反日民族意識在那時就已經萌芽了。

在郵局服務期間，因爲對日本人和台灣人之間的民族差別待遇感到不滿，我的反日民族意識就更加強烈了。有一次，我因爲看不慣日本警察欺侮台灣人的傲慢言行，而不顧一切後果地和那名警察打了起來。當時，我還年輕，心大，死也不怕；受了這個刺激以後，我就辭去郵局的工作，想去大陸，投奔蔣介石，參加抗日；我舅舅黃泉也支持我，願意給我出旅費；可最終還是因爲日本當局嚴格管制台灣人渡航大陸而去不成。

廿七歲那年，我在花蓮結了婚。婚後一段時間，爲了避免被調去當日軍軍伕或通譯，同時也因爲在花蓮沒事可做，我於是就到桃園做工，開闢機場。

這段期間，我仍然因爲對日本的殖民統治不滿而經常與日本人發生衝突。有一次，跟一個日本主管打架後，我就被調去問話。

他們先問我：「你叫什麼名字？」

我回答說：「彭南華。」

他們接著又問：「什麼彭？」我就告訴他們什麼彭。

他們緊接著再問：「什麼南？」我又說什麼南。

最後，他們再問：「什麼華？」

我就故意回答說：「中華民國的華！」

我沒想到，他們卻會因此而懷疑我是「間諜」，從此就一直監視我，並且隨時找機會要給我洗腦……。

兩年後，桃園機場的工事完成了。我帶著妻子和兩個年紀還小的小孩，回到三灣河底的老家。我不曾耕過田，無法給一般地主當佃農，只能靠著打零工，勉強維持一家人談不上溫飽的生活。

這時候，已經是大戰末期了。

三灣鄉三青團團長

台灣光復後，一個日據時代當日本人走狗的同年廖上恆，不知怎麼竟弄到三灣鄉長的職務；他極力拉我去鄉公所服務。爲了一家人的生存，我於是就到鄉公所總務課任職。

後來，三灣鄉的有志青年自發性地組織了「三民主義青年團」，我不但參加了這個青年組織，而且因爲向來敢於反對日本的殖民統治，於是就被同鄉青年推舉出來當三民主義青年團的團長。我們除了經常集會討論時事，研究三民主義之外，也擔負起維持地方治安，調解民間糾紛的工作。

這段期間，我們接收了小地名銅鑼圈的一家日本人經營的「展南拓殖株式會社赤糖廠」。那時候，我傻傻的，只知道台灣光復，回歸祖國了，一心只想維持好地方的秩序，等待祖國的政府官員來地方接收。我記得，糖廠的日人董事長就曾經笑我說：「你是三青團團長，糖廠的錢，當然有資格拿；可你卻一分錢也不拿，眞是傻瓜！……」我雖然被他嘲笑，還是堅持一分錢也不拿。後來，國民政府來接收了。我們得知，他們打算接收日本人經營的四大製糖會社，改組爲官營；至於像「展南拓殖株式會社」這種中、小規模的赤糖廠，就標售給民間的資本家。我們青年團的幹部認爲，如果把糖廠標售給民間的資本家，那就等於是被財團收購；這樣，不管是對蔗農，或是糖廠的職工都很不利；我們於是就組織了「展南拓殖株式會社接收工作推進委員會」，並以這個名義協助蔗農和糖廠職工成立「糖業生產合作社」，通過集體的力量向有關單位游說，以議價的方式把「展南拓殖株式會社赤糖廠」賣給「糖業生產合作社」自主經營。爲此，我們根據國父民生主義所提「節制資本」的主張，四處向有關主管機關陳情。我們先後向行政院資源委員會所屬的「台灣糖業監理委員會」和「日產處理委員會」新竹分會（三灣當時屬於新竹縣）等相關單位陳情，結果都沒有下文。沒想到，一九四六年秋天，原「展南拓殖株式會社赤糖廠」還是被地方上一個林姓士紳勾結祖國來的接收官員，通過公開標售的形式，統統接收去了。因爲這樣，我們也對國民黨政府所主張的三民主義徹底失望了。

也就在這一年，我們也接到「三民主義青年團台灣支團」要我們把三灣「三民主義青年團」改編爲「社會服務隊」的命令。其實，我們這個地方上的三青團跟「三民主義青年團台灣支團」本來就沒有實質的組織關係；接到命令以後，我們全體團員立刻開會討論，結果，大家一致決議：解散。我們三灣地區的「三民主義青年團」從此就正式結束了。

共產黨人

我因爲在三青團團長任內做了很多爲民眾服務的社會工作，在三灣鄉的名聲就一天一天紅起來了。二二八事變發生後，我並不知道它要抓我或不要抓我？但是，因爲我實在太紅了，基於安全的考慮，我還是躲了一陣子。

事變後一段時間，共產黨在三灣地區的組織就來吸收我了。

有一天，鄉公所一名叫做江添進的同事，把我叫到一邊。

「你要不要過來？……」他向我透露說：「有線索了。」

江添進這個人，日據時期曾經被征調到海南島，服日本海軍陸戰隊的兵役；戰後以日軍俘虜的身分被遣返台灣；進鄉公所之前，他當過小學教員。基本上，我認爲他是一個熱心、正直的人；至於他所講的線索，我也心裡有數；所以，沒有多問什麼，就按照他的指示，寫了一份「自傳」交給他。從此以後，他就沒有再來找過我，我也不知道我究竟有沒有通過他們組織的審核？

後來，經常來找我的人是一個化名叫小劉的人（當時我不知道他的本名是黎明華）；每次來，他都會帶一些學習文件來讓我閱讀；並且幫助我提高對政治形勢的認識。

其實，我認爲，我本來就有共產主義的種子在肚子裡頭。日本時代，年紀還小的時候，我就已經有了抗日的民族意識；我雖然沒讀過什麼有關共產主義思想的書，可也自然產生了這種傾向性。所以，我認爲，我雖然是因爲反國民黨才加入中國共產黨在台灣的組織；但我並不是國民黨培養的共產黨人；我可以說是日本帝國主義培養出來的共產黨人，因爲我反抗日本帝國主義，自然就會有民族主義和共產主義的想法。

我在擔任三青團團長期間才通過書報雜誌的報導知道大陸也有共產黨。後來，我去新竹開三青團的會的時候，也知道台灣已經有共產黨的組織了；因爲那時候它們的活動幾乎是公開的。

加入共產黨的組織後，我先是吸收了在三灣開精米所的廖天珠；後來廖天珠就把一個在他的精米所幫工的同村青年黃逢開，交給我領導和教育。黃逢開是一個熱血的農村青年，一開始他並不認識革命的道理，可當他慢慢理解形勢，瞭解他的生活與處境處於被剝削的狀態後，他的階級意識自然就被喚醒了……。聽說，他臨刑前還高呼口號呢！這點，我是相信的。

有一回，我在逃亡的山路上突然和黃逢開碰上了。在這之前，我和他曾經約好時間、地點要會面；可是卻因爲一些事故耽擱了，沒見著他。從此，我和他就失聯了。那時候，我以爲要和他再見面，怕是很難了。所以，我們在路上不期而遇，彼此都因爲恢復聯繫而高興。

我最後一次見到黃逢開，是在我「出來」以後，都快一年了。有一天，警察來找我，說是抓到黃逢開了，要我去勸他「合作」。我去了。能不去嗎？我一看到黃逢開，從他的眼神就知道，他決定要死了。當著警察的面前，我只能挑些門面話跟黃逢開講；可他只是靜靜地，偶爾露出不屑的笑……。

逃亡

一九四九年十月，在大陸內戰中打勝國民黨的中國共產黨建立了中華人民共和國。那時候，我們還沒有轉入地下，聽到這個消息，大家都很興奮；可以這麼說，那一刻是我這一生中感到最高興的時刻。

不久以後，我們前往神桌山，參加爲期一個禮拜的學習會。因爲時間隔得太久了，我的年紀也老了，記性不好，所以對那次的學習會沒有什麼具體的印象。但是，我卻記得老洪（陳福星）教我們的幾首革命歌曲，像是〈義勇軍進行曲〉，還有悼念在「反內戰、反饑餓、反迫害」的愛國民主運動中犧牲的大學生的歌，是叫做〈安息歌〉吧！這些歌讓我非常感動，一直到現在都還很深刻。另外，這段期間，有個叫曾永賢的同志也對我的思想影響很大，他知道我的成長經歷以後，就告訴我說，我好像是日本小說家所描寫的流民（Nakare）

一般，然後就講述那本（書名我記不得了）描寫流民生活的小說給我聽。

但是，讀書會結束後不久，有一天，江添進就派人來通知我說：「該走了，危險！」我因爲不知道出了什麼事，起初並不想走。不久，江添進又再派人來警告我說：「你若不走，三灣若沒出事情就算了；如果有事，你一定會被列爲『匪首』的第一名；只要你被抓到的話，一定是第一個被槍決的人……」因爲這樣，我於是轉入地下，開始逃亡。

我跑路的時候已經有兩個小孩了，其中老大是十四歲的女兒，老二是兒子，剛滿十二歲。逃亡範圍，向北一直到楊梅，往南到苗栗頭屋鄉的沙坪。

逃亡期間，我印象比較深刻的有兩件事。首先是，有一次，老洪在向我們進行氣節教育的時候，向我們報告基隆中學事件發生的情形，並且向我們介紹了剛剛犧牲的校長鍾浩東的革命事蹟；聽到後來，我們大家都哭了……。還有一件事就是韓戰爆發；當時，我和劉雲輝在沙坪的山上觀察天空中飛來飛去的國民黨空軍的飛機；我心裡清楚，這一下台灣的解放已經不是那麼容易的事了，恐怕這一拖至少也要拖個十年左右吧（我沒有想到它竟然會拖到現在還沒解決）！我不知道劉雲輝有沒有估計到形勢未來的發展？但是，我怕講出來會影響他和其他同志的士氣，所以一直放在心裡，沒講出來。

因爲組織上的據點已經這破那破了，我和其他同志在山區跑了好長一段時間之後，就已經覺悟沒路好走了！因此，我和宋松財約定，在某天一起出來「自首」。然而，到了約定當天，因爲與我相關的人還沒找齊，當天我就沒有出來。一直到我把相關的十幾個人都找齊了以後，我才帶他們一起出來，前往竹南分局，辦理「自首」……。

無顏見江東父老

幾十年來，我因爲對自己帶動三灣地區的農民起來，搞了這麼一場失敗的革命，並且害了那麼多人被槍決或坐牢，一直感到慚愧；搬上台北與我兒子同住以後，我有好長一段時間不敢回三灣走動。回顧自己過去的那段歷史，我的心情就像是古書上所說的「無顏見江東父老」那般沉重！可是，那些從火燒島關了十年、二十年出來的老朋友們，像是湯天忠、黃逢銀等人，卻一再地勸我說：「不必這樣！你也沒做什麼見不得人的事情，我們不會怪你的！……」因爲這樣，我才有勇氣再回三灣故鄉，找那些倖存的老朋友們敘舊。

這些老朋友當中，我最感念的是住在暗潭坑牛鬥口附近的群眾阿興哥——徐阿興，他因爲收留了我，眞是吃足了苦頭啊！這樣的恩情，我永遠也不會忘記的！

像我這種共產黨的逃兵、「自首」的人，對過去的歷史還有什麼好談的呢？我們這種年紀的人，也不能再當革命的先鋒隊了！要不是爲了想讓你們後生人對未來還有一個希望，我是不會和你談這些不值一提的傷心往事的。

我被三民主義害到的！

——廖天珠的證言

廖天珠（1918-1997），原三灣鄉公所職員，後來自營打油行。

根據《安全局機密文件》第二輯——「匪台灣民主自治同盟竹南支部曾文章等叛亂案」第四十二頁所載：廖天珠爲「匪台灣省工委會所屬竹南地委會竹南支部書記」劉雲輝在苗栗縣「南莊（庄）、三灣、大河底」等地之「重要匪幹」之一。

另據同文件「匪台灣省工委會苗栗地區銅鑼支部黃逢開等叛亂案」第三二四頁所載：一九四九年八月間，廖天珠介紹黃逢開參加「台灣省工委會苗栗地區銅鑼支部」，並直接領導由黃逢開、江添進與彭南華（小組長）組成的小組，經常舉行小組會，研讀「匪黨」書刊文件。並進行爲「匪」宣傳，及積極吸收「黨徒」，擴展組織，以圖建立農村基層「叛亂」力量，俟機爲「匪軍」犯台內應。

其後，廖天珠在國防部保密局在當地展開搜捕行動前「聞風逃遁」。（頁四七）最後，投案自首。（頁三二七）

那都不是事實

首先，針對官方檔案的記載，我要說的是，那都不是事實。

沒錯，江添進與彭南華都是我在三灣鄉公所的同事。黃逢開這個人，我小時候就認識了；一九四六年，我辭掉鄉公所的工作，自己在三灣街上搞了一家打油行，黃逢開曾經在我那裡工作了一段時間；可後來，油打完了，他就很少來找我。至於他有參加沒參加組織？我也不知道。那就更談不上是我「介紹」的。我想，如果他有走這條路的話，他應該是彭南華那個系統的人吧！

我之所以會牽連到五〇年代白色恐怖的事件，簡單一句話可以說是，被國父孫中山先生的「三民主義」害到的。……這話要怎麼理解呢？……我看，這還得話說從頭吧！

話說從頭

話說一八九五年四月十七日，清軍在甲午戰爭大敗後被迫簽下馬關條約，把遼東半島和台灣割讓給日本。當時的台灣撫台唐景崧隨即宣布台灣獨立，組成台灣民主國，企圖抗拒日本來占領台灣。後來，唐氏眼看局勢不利，於是逃回大陸，留下義勇統領丘逢甲臨危組成的義民軍與地方愛國同胞，共同抗敵。然而，侵略者的日軍是訓練良好加之裝備精良的近衛師團，抗日的義民軍卻是素質摻雜、兵備落伍的民間自發力量，雖在大嵙崁（大溪）、平鎮兩地奮勇抗戰，不多日便因糧彈俱盡而全軍覆滅。

另一支由楊載雲統領下，在頭份尖筆山集合抗敵；不幸，楊氏中彈陣亡，全軍亦步覆滅之命運。於此，日軍繼續南下，雖在八卦山遭到一陣抵抗，然不多日即到台南。從此，打開統治台灣五十年之一頁。

在日本占據台灣的五十年間，台灣同胞不斷展開反抗日人統治的起義，無奈勢孤力薄，很快就一一被消滅。如一九〇七年的北埔事件、一九一三年的苗栗羅福星事件、一九三〇年的霧社事件、一九三二年的大湖永和山事件……等等，不勝枚舉。

民族意識的萌芽

我進入新竹中學校就讀時，開始嘗到被殖民統治的滋味。那時候，我們全校一共五百名學生，日籍與台籍各占半數。日籍學生總是以統治者自居，處處卑視我們台籍學生爲被統治者。他們一開口就罵我們：「Changoro（清國奴）！」每次，我聽到他們這樣罵我們時，心中就非常難受。從此，我開始認識到：自己是被征服者，是弱勢民族的現實。當我讀低年級時，因爲年紀小，個子也不大，所以就是被罵了，也只能忍聲吞淚；但是，到了較高年級時，我就開始公然反撲了。因爲這樣，包括我在內的一些高年級的台籍學生就經常和日籍學生發生打鬥的衝突事件；我們這些來自苗栗地區的客家同學，尤其比較激進。

可以這麼說，我的民族意識其實是在日本人的歧視下萌芽的。當時，我們幾個常常與日籍同學打鬥的台籍學生們，一開口總是說：「希望將來學業有成，能回到祖國一顯身手，使祖國早日富強，早日收復台灣失土。」其中，有一位銅鑼的丘同學，畢業不久卻生了重病，他在臨終前還再三鼓勵我們：「一定要爲祖國出力，早日收復台灣失土。」

一九三九年，從新竹中學畢業後，我就到故鄉的三灣庄役場（鄉公所）就職。我雖然在日本帝國主義統治下的庄役場服務，內心卻念念不忘回到祖國的事。當時，皇民化運動推行得很熱烈，很多同胞爲了得到生活上的各種優惠待遇，刻意地逢迎日人；他們不惜改日本姓名，以示忠於日本帝國。論條件，在本鄉，我家應該是最有資格申請改姓名以及「國語之家」的家庭，我的上司也不斷地勸我辦手續；然而，我始終無動於衷。我想，祖先給我的廖姓，原是周朝文王之第四子叔安公的子孫；我絕對不能爲了貪圖一些小利而背叛祖先，奉敵人爲父母。

因爲這樣，我也經常藉機鼓勵我身邊的鄉親說：「忍耐的等待吧！日本只能統治台灣五十年，很快，它就會奉還中國的。」這是我父親生前經常對我說的。

爲了迎接這即將來臨的五十年的預言，我開始偷偷地閱讀周佛海寫的日譯版的《三民主義》，並同時學唱國歌。

無法無天的亂象

這個日子終於到了。

一九四五年八月十五日，日本向聯軍無條件投降。消息傳到，全台同胞都雀躍地歡慶台灣光復，回歸祖國。大家舉起臨時粗造的青天白日滿地紅國旗，放鞭炮、打大鼓、一邊遊行一邊高呼：祖國萬歲。無論是住在山村、水廓、城市或鄉村的台灣同胞，無不歡天喜地慶祝台灣回歸祖國懷抱。我們歡慶由奴隸回歸爲自由的主人，我們感謝祖國同胞解放了我們，並且也對祖國收復台灣以後的種種，抱著莫大的期望。我們期望祖國將要從此改頭換面，作爲世界第一等的富強、安定、文明而康樂的國家。

然而，我們的期望很快就煙消雲散了。

正當歡慶光復的鞭炮聲、大鼓聲、歡呼聲還在耳邊響個不停，遊行隊伍滿街飄揚的國旗還在眼中浮現未散的時候；失望很快就緊跟著擺在我們的眼前。

我們看到：百分之九十連自己的名字都看不懂，全無紀律的國軍，就像當年的日本人那樣，擺出一副以征服者、統治者自居的態度。我們也看到：那些素質低劣卻驕傲無比的祖國官員，把台灣同胞看作是戰敗的俘虜、被統治者……。我眞不敢相信，這就是我們日以繼夜，夢寐以求而得來的祖國褓母。

我很了解，祖國從清朝末葉以降就被列強欺凌，接著又被軍閥割據，然後又經歷了八年的對日抗戰，所以，國土已經破壞不堪，經濟、文化也因此嚴重落後。因爲這樣，我一心一意只是企望：所有中國同胞，包含台胞在內，從此不再受到列強欺侮，萬眾一心，奮力圖強，早日建立一個強大的中國。然而，現實的回答卻是，它們根本不把我們視爲中國人，它們以勝利者、征服者自居，看待台胞爲次等民族、被統治者。而且，日本統治台灣五十年所建立的法制基礎，卻換來了朝令暮改、全無秩序的社會亂局。

我記得，一九三五年台灣發生大地震的時候，銅鑼地區的房屋幾乎全倒，大家都露宿草坪上；我家雖然不在銅鑼，情況也是一樣。當時，日本政府派出一隊爲數不多的陸軍，進駐災區，協助清理；大家看到士兵來到以後就異口同聲的說：「有士兵在這裡，今晚，大家可安心睡了，不用怕小偷……。」然而現在呢，只要一看到有國軍士兵進來，大家卻都提防自己的東西被士兵偷去，因而互相告誡說：「晚上要小心，門窗要關好。」

兩者相比，眞是雲泥之別啊！

有一天，我去台北，回程經過新竹火車站的時候，剛好看到這樣的情景：一個國軍士兵要進入月台，不知何故？剪票員卻不讓他進入，兩人就這樣爭吵起來；後來，這名士兵就回去部隊叫了幾個士兵來助陣，他們一進車站月台，看到站務員就打；其中，有一位年老的站務員莫名其妙地被打得臉部血流如注。我們這些坐在客車內的乘客看了都異口同聲的感嘆說：「眞是無法無天，這是亡國的亂象啊！」

我心裡難過地想到，過去，我們台胞與日本統治者鬥爭，飽嘗了被殖民統治的悲痛，仍然分秒未曾放棄早日回歸祖國的願望。如今，台灣回歸祖國了，看到這樣的社會亂象，我的心裡除了感到悲痛，同時也開始憂慮國家未來的前途。我擔心，如果這樣繼續亂下去的話，中國必將走上亡國之路。

尋找救國救民的道路

亂局終於導致了一九四七年春天的二二八慘案，無以數計的台灣民眾，在軍憲的槍彈下冤死。事變後，人心更加慌亂，人人自危，不知所措。我因爲對社會現實感到悲痛、疑慮與迷惑，於是開始自己摸索挽救亂局之道。我想，我們不能再把中國送給異族，再被異族統治了；那麼，我們該怎麼辦呢？

日據末期，我曾經讀過《三民主義》的日譯本，光復後又讀了中文版。讀了民族主義以後，我才明白：中國的社會性質是連殖民地都不如的半殖民地，所有與中國有條約的國家，就是中國的主人。我當時認爲，我們如果不願意做西方列強的奴隸，只有要求自己用民族主義來圖自強；也就是說，我們必須以民族主義爲基礎，發揚自己民族的精神，恢復民族的地位。

讀了民權主義，我才明白政治這兩個字的意思。所謂政，就是眾人的事；治，就是管理；管理眾人的事就是政治。有管理眾人的力量就是政權。因此，我確信：政治的權力應當由人民來掌握。

另外，我也通過民生主義知道：歐洲在產業革命以後，發生了各式各樣的社會問題，所以就產生了想要解決社會問題，也就是人民生活問題的社會主義思想。當時，我的理解是：如果專就這一部分的道理來講，社會問題便是民生問題；所以，民生主義便是社會主義。

依據國父的三民主義，要使國家富強必須先發揚民族主義，再落實民權主義，進而實行民生主義，解決人民的生存問題。綜合以上所說的道理，我就不難發現，蔣介石政權完全是舉著三民主義的旗幟卻與三民主義背道而行，是三民主義的叛徒。武夫專政，戚黨弄權，尤其爲了鞏固蔣政權統治的地位，竟祭出凌駕國家憲法之上的動員戡亂條款，對愛國的民族菁英進行暴力迫害。

後來，我和一群富有民族精神、愛鄉愛國的年輕熱血漢子就常找機會聚在一起，討論國家的政治前途，尋找救國救民的道路。

這段期間，我們也讀了一些十八世紀在歐洲興起，對當時及後世都有很深的影響力的民主學說。如：英國經驗主義哲學家洛克贊許「叛亂」的論文集《論政府》[①]。法國政治哲學家盧梭的《論人類不平等的起源和基礎》[②]，以及對法國大革命時提出「自由、平等、博愛」的口號產生過巨大思想影響的《社會契約論》。法國哲學家和法學家孟德斯鳩對十八世紀的歐洲產生重大影響的《法意》[③]……等等。讀過這些書以後，我們自然就有人人平等、天賦民權、主權在民的想法，對政治上立法、司法、行政三權分立的學說，也有一定程度的認識。

我們從這樣的思想認識出發，聯想到中國儒家提倡的以仁爲本的王道政治，因此得出一個結論就是：無論從西方觀點、儒家思想或國父的三民主義思想看來，蔣家政權確確實實是一個霸道政府。我們大家都擔心，中國會就此敗在蔣政權手中。我們認爲，如果依據美國第三任總統（1801-1809）傑佛遜④提倡的人民有權推翻不良政府的學說，我們應當有權利推翻這樣的政權才對。無奈！我們卻是一群赤手空拳的小知識分子而已，怎能對付得了擁有六十萬兵力的蔣政權呢？想到這裡，我們只有向天嘆息而已。

在神桌山開讀書會

經歷思想上一番盲目的探索後，我終於放眼看到大陸上日益強盛的中國共產黨。我當時的理解是：他們在毛澤東領導下，高舉救國救民的旗幟，受到全民擁戴；他們提倡「新民主主義」，推行國父的民生主義，也很符合國父三民主義的理論。因此，我認爲，如今能把中國從貧窮紛亂中挽救出來，轉爲富強安定的，非中國共產黨莫屬。

就在這個時候，有一天，經常和我討論國家的政治前途，尋找救國救民道路的鄉公所同事孫阿泉悄悄地對我說：「我有幾位朋友，他們不但對現代政治有豐富的知識，而且也非常瞭解大陸內戰的現狀及國際形勢。我想，光憑我們這些土包子，再怎麼談論也無濟於事，得不了結果；我們何不邀請他們來開一個讀書會，一起來研習一下現今國內外情勢，聽聽他們的高論呢？」我很同意他的意見，於是就決定在神桌山開讀書會。

我記得，參加神桌山讀書會的人包括：孫阿泉、江添進、彭南華、曾興成、宋松財、劉雲輝與我共八人。讀書會搞了大約一個星期才結束。我們都因爲增進不少政治知識而高興地下山。然而，就在我們各自回家後不幸的事就發生了。原來，應邀來指導我們學習的是一位台共的高幹，他來開會時已被治安人員跟蹤到三灣，他一回到台北就被捕了。因此，情治單位已掌握到讀書會的全情。

那個名叫張志忠的高幹被捕後，情治單位就派一個特務，提著他的手提箱，到三灣找孫阿泉。他騙孫阿泉說，張先生決定某日要來三灣，請孫兄召集參加讀書會的全部朋友，按時前來開會。由於那名特務的手提箱內有張志忠的手槍和衣服，孫阿泉也就不疑有他，隨即很高興地個別通知我們開會的時間和地點。然而，就在約定開會前的某天，孫兄又緊張地告訴我說，老張那天離開這裡後就被捕了，所以，開會的通知是情治單位想要把我們一網打盡而設的陷阱。……他要我也和其他參加讀書會的人一樣，暫時離開家庭，避一下風頭，等觀察後再做道理。

這時，我想到二二八時軍憲目無法規，無法無天的做法，爲了生命的安全，於是決定三十六計走爲上策，從此開始逃亡生活。

投案自首

那時候，所有參加讀書會的朋友都已經向山區奔跑了。我獨自一人，開始心慌，不知如何是好？這時，我想起《易經》上所說：「尺蠖之屈以求信也，龍蛇之蟄以存身也」；於是決定「爲了存身，唯有蟄伏」。這樣，爲了保護自己及照顧我的人的安全，我就開始蟄伏，不敢露面。我記得，那應該是一九五〇年冬天的事了。

然而，不幸的消息不斷傳入耳中。我陸續聽到鄉內許多青年莫名其妙被捕入獄的消息；另一方面，那些一起參加讀書會的朋友卻全無音息。如此，經過將近三年之久，我又聽到消息說，那些曾參加讀書會的朋友——宋松財、彭南華和曾興成都已經自首投案了。我再三思考以後也決定出來自首。

這樣，一九五二年夏日，我於是決然到內政部調查局苗栗站辦理自首，結束了將近三年的蟄伏生活。

我一直以爲，國父所講的民生主義就是社會主義，也就是共產主義；同時也是所謂的大同世界。可我沒想到，國父講的話卻害了我，使我變成一個人見人怕的「匪諜」……。

注釋：

①洛克：John Locke，1632-1704；《論政府》（*On Goverment*），一六八九年出版。

②盧梭：Jean Jacques Rousseau，1712-1778；《論人類不平等的起源和基礎》（*Discours sur l'origine de l'inegalite parmi les hommes*），一七五五年出版；《社會契約論》（*Du contrat social*），一七六二年出版。

③孟德斯鳩：Baron de Motesquieu，1689-1755；《法意》（*De L'esprit des lois*），一七四八年出版。

④傑佛遜：Thomas Jefferson，1743-1826。

我只是刻個門牌而已！

——湯天忠的證言

湯天忠（1925-1998），苗栗縣三灣鄉大河底人，農民兼木匠；一九五〇年二月被捕，處刑十三年；時年廿六歲。

根據《安全局機密文件》「匪台灣民主自治同盟竹南支部曾文章等叛亂案」檔案及判決書所載：一九四九年十月，湯天忠，由同案徐木生吸收，參加所謂「匪農民團」，故以「參加叛亂組織」罪處刑。

羅骨湯皮

我原本是羅屋人，三歲的時候，羅屋阿爸過身；我就跟著我阿姆，嫁到湯屋阿爸這邊來，並且改姓湯。湯屋阿爸是個木匠，原本跟他阿姆兩人相依爲命，我們過來以後，就一家四口一起生活。第二年，我大妹出世；後來，我阿姆又陸續生了兩個妹妹。我們一家七口就靠湯屋阿爸和我阿姆做零工，勉強維持生活，一餐不得一餐飽。

那時候，湯屋阿爸的工錢是一工一元；生活就不容易了，更談不上讓我們上學。所以，我三個妹妹都沒讀到書。我自己則在八歲那年，入河底公學校上學；但是，讀了兩年就因爲沒錢而退學；十二歲，再入學，讀三年級；要升四年級的時候又因爲沒錢，再度輟學。

所以，我從十三歲就去放牛。三年後，我十五歲，有點力氣了，就去南庄鄉南埔的一家打鐵店學打鐵。兩年後，學沒出師，湯屋阿爸又叫我回家，跟他一起做木工。到了二十歲那年，我被征調去當兵，在南庄訓練所受訓一年，沒有被派出去打仗，就回家繼續半農半工。廿一歲半，我又再被調去當兵，在新竹湖口受訓。

二十二歲那年，台灣光復，我又返鄉，給人家耕田。廿四歲那年，我湯屋阿爸過身。這時候，我三個妹妹都已經嫁人了，老祖母也已經不在了，家裡就只剩下我和我阿姆，兩子哀

（母子倆）一起過生活。平常，我做木匠，食頭家的，食飽夜（吃過晚飯）才回家。我阿姆已經五十七歲了，她一直叫我娶親；所以，那年就給我太太招；免聘金。但是，是我太太過來我們家，不是我去她家。第二年，我們生了一個兒子，不久，卻不幸病死。

第一次被捕

一九五〇年舊曆二月的某天，我大女兒出生；三天後的晚上，刑事就到我家，把我抓走。

那天晚上，他們把我和羅慶增等同村青年十幾名，一起抓到竹南分局拘留所。這段期間，我被叫出去問了兩次話。

「你認識彭南華嗎？」他們問我第一個問題。

我老實回答說：「認識，同庄人。」

他們接著問：「他做什麼工作？」

我據實回答：「他在鄉公所服務，家裡還開了一家小店，由他太太顧。……」

後來，我才知道，我之所以會被抓的原因，主要是因爲我和彭南華有些生活的聯繫。事情是這樣的——大概就在我被抓之前，爲了即將實施的全島戶口普查，家家戶戶規定要掛上刻有戶長名字的門牌，我因爲不識中文，更不會寫字，於是就去找同庄的彭南華，請他幫我寫我的中文名字，然後再自己刻門牌。不料，彭南華卻因爲聽到要抓他的風聲而逃跑。那些去他家抓他的刑事在他房間的字紙簍裡，找到彭南華用毛筆試寫「湯天忠」三字的兩張白紙；此外，他們還在他小店的賬本上，發現我向他賒欠的名字最多，於是就認爲我跟他有什麼組織關係，而把我抓了起來。

第二次問話，他們還是先問我：「認不認識彭南華？」我仍然像上次那樣據實回答。

他們接著又問我：「他現在在不在家？」

我說：「我又沒有整天在他家，我怎麼會知道他現在在不在家？」

他們沒有追問，改口問說：「他是共產黨，他走路走掉了，你知不知道？」

我說：「我不知道。」事實上，當時我聽也沒聽過，怎麼會知道共產黨是什麼呢？

這時候，他們七、八個圍著我問話的刑事立刻拉下臉來，有人故意揮動手槍威嚇我，有人用力扯我耳朵，然後逼問說：「你跟他住那麼近，怎麼會不知道呢？」

我無奈地申訴說：「他在他家生活，我在我家生活，我哪有閒工夫整天守著他，看他在做什麼？而且，他做他的頭路，我做我的頭路，我怎麼會知道他參加什麼共產黨呢？」

他們還是想盡辦法要我承認我和彭南華有什麼組織關係，不斷強調，他和我最相好，他要跑一定會告訴我……；可我除了據實承認我認識他之外，其他一概堅決否認。我否認，他們就動口威脅，動手打我。最後，終於結束了一場難熬的偵訊。

關了二十天後，他們告訴我說，你沒事情了，可以回去了。並且叫村長（彭南華的外甥）來保。臨走時，他們又告訴我說，要我出去找彭南華。我說，台灣那麼大，我要到哪裡找？而且，我不工作的話，一家人就沒飯吃，哪有車錢去找他呢？他們說，不怕，你只要耳朵放靈光點，凡是聽到有關他的什麼消息，你就向我們報告就可以了……。

第二次拘留

回家以後，爲了養活一家四口，我整天忙著工作，也就把他們交代的任務忘了。這樣，過了十天後，竹南分局的調單又來了。

一到分局，他們就責罵我說：「我們不是叫你每隔兩三天要來向我們報告，不管是彭南華，或是黃逢開、江添進等逃亡的人，只要有關他們的消息或風聲都好；你怎麼回去以後就忘了，什麼情報都沒有呢！……」

我說：「他們究竟做了什麼事情要逃？我一點都不知道，你們要我從何查起呢？」

他們又說：「你只要在外頭工作時聽到有誰在哪裡看到他們的消息，都可以來報。」

我說：「沒有啦！」

他們就很不高興地問我說：「我們讓你回去找了十幾天，你怎麼可以一點情報都沒有呢！那你回去做什麼呢？」

我說：「我回去賺錢啊！我一家人要生活，我若沒做就沒得吃。」

他們似乎看我老實，就改口說：「你去叫你們村長來保，我們就讓你回去。」

我苦笑了一下，然後說：「我人在分局，村長在河底，我要怎麼叫他來保？……要不這樣好了，你們先放回去，我就可以叫村長來保了。」

他們好像認爲我講得有理，接著又半安撫半威脅地說：「明天，我們會叫村長來保你回去。可是，你一定要記住，你回去以後，一定要去找那些逃亡的人；否則，你自己就會吃虧。……你絕對跟那些人有來往，只是你不肯講而已；沒關係，我們再給你幾天的時間去找；你找還是不找，你自己看著辦好了。」

第二天，村長果然來保我回去。

第三次被捕

回去以後，我還是跟上次一樣，忙著工作；既沒有閒暇也不知去哪裡找彭南華他們這些逃亡的人。這樣，我女兒滿月後又十天，竹南分局的調單又再來了。這次，同村先前一起被捕的十幾個人，也都被叫來了。一進分局，其中一個應該是負責人吧，他的態度非常嚴厲地大聲斥責我們說：「你們這十幾個人，敬酒不吃吃罰酒，給你們時間回去找，可你們竟然沒一個人有任何消息；豈有此理！統統先關起來，再打算。」這樣，我們十幾個人就被送進牢裡，關起來。

第三天晚上，我被單獨叫出去，問口供。我看到偵訊室有七、八個刑事，其中幾名身上還帶槍。

他們起先還是問我：「爲什麼我們給你時間，讓你去調查彭南華那些走路人的消息，你卻半點消息也沒有？你是不是有心包庇他們？」

我聽了就無奈地回答說：「你們要這樣想，我也只能隨便你們去想了。」然後，我又說：「你們刑警、軍隊有那麼多人，都找不到他們了；我一個人又怎麼能找到他們呢！況且，我家沒耕沒種的，就靠我一個人做工來維持生活；我要是放下工作去找他們，只要三天，我們家的鍋子就要吊起來了……」

他們不等我把話說完，其中那名負責問話的人就一口咬定說：「你一定有參加他們的組織，否則，你沒有理由不去找他們！……沒關係，我們要是抓不到他們，就要抓你。你跟他們一樣，都是共產黨！」

我說：「什麼是共產黨？我根本就不知道。」

這時候，他們看到光是問話無法得到他們要的口供，於是就開始用刑。他們命令我跪在地上，然後在我的腳膝蓋上擺放一根結實的圓木棍，再由兩名刑事分別踩在木棍的兩端……；後面則有人用腳不斷的踢我的背部。他們每踩一次，我當然就痛得哇哇大叫！刑了一陣之後，他們又讓我坐回座椅上。這時候，我聽到那名問話者用嚴厲的語氣，大聲說了一句閩南話：「老實講！」當時，我一句閩南話也聽不懂，而閩南話「老實講」的音，聽起來又跟客家話的「落屎缸」一樣；我被刑怕了，所以，聽他這樣一叫，趕緊起身，忍著雙膝的疼痛，往分局的廁所跑去，就要往毛坑裡鑽……。起先，他們搞不清楚我要幹什麼？以爲我要逃跑，就趕緊追了過來，把我抓回偵訊室。當他們知道我聽錯他們的意思時，一個個都笑得直不起腰來……。

笑過以後，偵訊室的氣氛稍稍緩和了一些。他們然後又改口，繼續問我：「你認識一個叫徐木生的人嗎？」

徐木生與我同樣是大河底人，我於是據實回答：「認識。」

他們接著又問：「徐木生跟黃逢開有相識沒？」

我想了一下，就說：「徐木生和黃逢開是鄰居，應該相識才對。」

「那麼，」他們緊接著又問：「他們兩個是不是常來往？你有沒有看過他們兩人一起去哪裡給人請，或是在一起討論什麼？」

我據實回答說：「這個，我不曾看過；我就不知道了。……」

我的刑訊就這樣結束了。結果，第二天，徐木生也被抓進來了，並且跟我關同房。我於是把昨天晚上他們問我話的情形，據實向徐木生講；讓他心裡有個底。

當天晚上，徐木生果然就被叫出去問話了。回來以後，他又與我同房。

徐木生告訴我：「他們說，你講我和阿開仔相識，而且經常在一起開會！我說，沒有這樣的事情；他們爲了做口供，就把我打得要死！……」他不放心地又問我：「你究竟有沒有說什麼？」

我告訴他說：「我只說你們是鄰居，應該相識才對！但是，我絕對沒有說你們曾經在一起開會呀什麼的……。」

他聽我說明了以後又說：「我被打得受不了，只好說，你們要說他有這樣說，那我也沒什麼話好講。他們這才不再打我，並且強要我在他們寫好的口供上按手印……。」

第二天晚上，他們又調我出去問話。

刑事再次問我：「你與徐木生是什麼關係？」

我照先前的說法，據實回答。

他們立刻罵我說：「我們叫你講，你不講；現在徐木生把什麼都供出來了，你還想隱瞞嗎？」然後，不由我分辯，就把我的手拉去，在他們寫好的口供上打手印；我不識字，他們究竟在上頭寫些什麼？我也不知道。

第二天，我們就被移送到別的地方。這樣，我在竹南分局，一共被關了一個禮拜。

移監與判決

當時，大新竹縣的行政區包括今天的桃園、新竹、苗栗三縣轄區，所以，我們河底同案十幾人就從竹南分局被移送位於桃園的新竹縣刑警大隊；在那裡關了大概十幾天左右，又再移送台北刑警總隊；將近兩個月後，又再移送青島東路的軍法處，前後關了半年多。結果，從頭到尾，沒問我一句話，就判我十三年，罪名是叛亂罪，說我參加什麼「農民團」的叛亂組織。我記得，同案還有一個判無期徒刑，打死三個。

兩個多月後，我又跟其他難友一起被移送到火燒島（綠島）。

我在火燒島一共關了九年半。這段期間，因爲我是木匠出身，所以，起先被派去木工隊，負責搭蓋我們自己要住的牢房；可以說是自己造屋來關自己吧！集中營的房舍蓋好以後，我又被派去種菜，種地瓜，前後兩年多。

日本時代，我只上過公學校幾年；光復後，沒上過學，也不識一個中國字。在火燒島期間，我想，既然回家也回不去，我就利用時間，跟那些難友學認字。我雖然糊里糊塗地被強迫做了政治犯，到後來，總算也會認得幾個中國字，並且能夠自己寫簡單的信；這也算是坐牢的額外收穫吧！

刑期將滿前，我又從火燒島被移送到台北土城的生教所，接受出獄前的思想教育。

回家

我在生教所待了一年半後，終於在一九六三年刑滿釋放。

我被捕以後，我婦人家的生活當然過得很辛苦。儘管如此，她也沒說要跟我離婚，我也沒教她改嫁。因爲她沒讀過書，也沒什麼謀生的技藝，只好經常背著小孩去幫人家採茶、鏟草，換點工資，來養活我女兒和娘家兩個老人家。這樣，她當然沒有經濟能力到火燒島來看我。我到了生教所以後，她才有機會帶著已經讀小學六年級的大女兒來看我。

當我回來的時候，我的大女兒已經十四歲了；雖然有點生疏，但是由於先前她曾經和她媽媽去看過我，看到我也不會怕我。

那時候，我阿姆在我被捕以後已經去跟我妹妹住了；我們一家三口就住在那間又小又爛的竹子搭蓋的屋子。爲了生存，回來以後，我一方面繼續出外做木工，同時也承租了幾分田來耕。雖然生活得很辛苦，但幾年後，也積蓄了一點錢；我於是買了磚瓦等建材，自己搭蓋了一間勉強可以避風遮雨的新房。

我要離開生教所時，他們有規定我要定期去派出所報到。可我爲了生活，整天不是在外頭做工，就是到田裡做農，從來也沒有時間去向他們報到。因爲這樣，派出所就常常來我家問話。

有回，有個刑警還裝作親切地問我：「生活好嗎？賺得到飯來吃嗎？」我就故意跟他開玩笑說：「沒飯好吃又能怎麼辦？你有嗎？有的話，就分一些給我來吃吧！」

他笑了笑，什麼也沒說，就走了。

無怨

雖然，我只是爲了刻個門牌，請彭南華給我寫個名字，就被抓去關了十三年。但是，我從來也沒有想過要去怪彭南華。我怎麼會怨彭南華呢？怨不得！沒有怨恨他的道理。沒錯，當年，他若不跑也許不會連累那麼多人？問題是，人家要抓你，如果是你，你會不跑嗎？

我還有什麼話好講！

——廖宏業的證言

廖宏業（1924-），三灣鄉大河村佃農，廿九歲被捕。

根據「前台灣省保安司令部〈四一〉安潔字第三五二三號判決書」所載：

一九四九年春間，廖宏業經已決「叛徒」黃元雙介紹，加入「匪幫外圍組織之農民團」，先後吸收廖紹崇、江秋元、林新盛、李成龍參加該「農民團」，並領導集會、討論，擴展組織，吸收黨羽；又與「叛徒」黃榮貴，在竹南車站張貼反動標語一次。

一九五一年十二月間，廖宏業與胞弟廖紹崇同往苗栗縣警察局自首。惟於自首時未將林新盛、李成龍、黃榮貴等組織關係供出，事由苗栗縣警察局偵悉，將廖宏業、廖紹崇一併押轉解保安司令部軍事檢察官，偵查起訴。

一九五二年，以其「意圖以非法之方法顚覆政府而著手實行處有期徒刑十二年褫奪公權八年」。

地主與佃農的矛盾

我的「自白書」上說，我於一九四九年間，經黃元雙介紹，加入什麼組織……。實際上，並不是這樣！至於林新盛、李成龍、江秋元三人，我也沒供出他們。

這事要怎麼說呢？……

二二八以後，一般的台灣老百姓看國民黨很亂來，就向轉（轉而傾向）紅色祖國那邊去；裡頭也有一些人有所行動，可他的行動也不是說直接的。我們這裡因爲不是什麼大山，人家又多，不是容易藏身的地方；他們那些人也不敢來這裡躲。

這裡的田小丘（小塊），一有空就種地瓜。田地要吃水，可附近的陂塘水有限，像一碗水一般，碗裡的水吃掉就沒了。河壩水又漲不起來。講起來，當時很可憐。人家說「窮人耕旱田，旱田耕窮人」就是這原因。

後來，因爲大時代的變遷，國民黨用共產黨那套，把地給我們，股票給大地主。但是，地主不讓我們爬起來，處處打擊我們。就像我頭家娘講的：「我好好的東西，你要把我搶走。」她不說是政府給我們的，說是我們搶走的。因此，我們就在地方上和地主鬥。因爲與地主鬥爭，我們才會被抓去關。

一九四九年，三七五要施行時，地主就叫了我們二、三十個佃農（老少混雜）走前去，說：「官廳要三七五哦！你們本本老租！暗暗打老租；不是耕分哦！要打老租。」老租，就是原本一甲要繳五千石穀就五千斤；一樣要打給頭家，照原來的租穀繳；我們就是一甲當五千斤租。因爲我租是租整份的七千五百斤，但遇天旱，做不來，耕不到來吃，又要跟地主承租。

承租，意思是說，佃農給地主的租穀不能減；繳了租穀以後，剩下的才自己吃。如果沒有剩，要吃，就得跟地主賖；時價一百就一百，一千就一千，跟地主賖。「承租」的意思就是這樣。

那時還沒有肥料，地主先說三千斤給你耕，看你割到四千斤或五千斤，他又提高五百斤；我們又更拚些，割得又比這高，他又提高；耕種人耕不到了，他就說，收回來，換人耕。

因爲這樣，當時我五兄弟在家耕田卻做不到來吃，只好將那五分地割給別人。沒想到，剛割完那年，政府就施行三七五了。那些跑路者就鼓勵我們說：「不要那麼傻，官廳都要給你們吃了，你們還自己送去給他（地主）吃！要還他？」因爲地主不分一碗飯給我們吃，我和同村的黃榮貴（廿七歲被捕，處刑十三年）等幾個差不多年紀的佃農於是聽他們的話，鼓動其他佃農說：「不要理他（地主），他自說他的，我們做我們的打算！……我們應該向政府爭取三七五才對！」

因爲這樣，地主一直對我們幾個心懷不滿。有一次，他又把我們叫去。我是比較內向的人，客廳坐不下，我就坐角落。老頭家娘走出來，沒看到我，就說：「哦！廖宏業，怕不要耕我的田了！不來。」我不知她是否故意這樣說？她兒子就說她：「唉！老人家，他有來嘛！你怎麼這樣說。」這就說明了當時我們和頭家對立的狀況。

老頭家娘還說：「無功不受祿，我若整不到你們，泥扒也要扒到！」意思就要整我們。老頭家娘這句話是我親耳聽到的，不會冤枉她！

地主的兒子曾坤育是河底人，當時做村長，三灣調查局就是通過他來抓人的。因爲我的家族和地主有淵源，所以抓第一批人的時候，他放過我們兄弟，沒把我們抓去。那天晚上，我躲在屋背後，不敢出來。後來，當晚被抓去的人同我講，村長曾坤育到了我家就一直勸那些刑警說：「不要啦！不要啦！轉啦！」村長一方面有責任協助特務抓人，一方面利用這個機會打擊佃農和反對他的人。

在此之前，頭家出來選議員；因爲所有耕種人都反對他而落選。他公開講過，因爲我們沒投票給他，他才選不上。這也是他帶人抓我們的原因之一。我這些話沒冤枉他。我這樣講絕對不是推測！他本就怨怪我們。

自首

因爲耕種耕不到來吃，後來我就去燒炭。燒了炭，我就載到竹南炭站，賣了大約幾十萬舊台幣。我把錢放便當盒裡，用手帕包起來，掛在自行車把手上，就要騎車回家；跟我一起燒炭的親戚看到了，就過來拍我的肩說：「你這個山猴子，也不怕人搶嗎？」錢提回來後，我就向地主糴了大約幾百斤的米穀，維持生活。

就因爲生活如此苦，我才會受共產黨影響。我當時認爲，大陸這麼好，我們怎麼會不想望祖國呢？實在不是我們有心要它，而是想望它來助我們耕種人。

一九五一年十二月，我第一次去辦「自首」。

我和我弟弟會去自首，是因爲一個叫做黃順欽的走路的人，出來「自首」後叫他爸來叫我去見他。我去見他時，他就詳細告訴我情況如何？說他若沒出來，性命難保；他又跟我說：「你也應該出去辦自首。你若沒去交代，會吃虧！」叫我去交代一下。黃順欽是我公學校同學黃順錦的弟弟，他在大河國校教書時就常常站在我們佃農的立場，爲我們講話。他跟我們講「政府要施行三七五，要如何向頭家爭」的道理。

黃順欽是知識分子，我是耕種人。他究竟有什麼活動，我也不知。但是，他只要說一聲：「你們來幫忙啊！」我們就沒有不跟他去的。所以，判決書寫我與「叛徒」黃榮貴，在竹南車站張貼反動標語一次的事情，淵源就在這裡。可是，我們根本就沒有受過訓練，怎麼去貼？祇是跟他做膽，一起去而已！實際上，我們怕都怕死了！沒貼到，就回來了！

問題是，那時候，我們這些農民為什麼會有這樣的行動呢？

黃順欽叫我「自首」的時候不要講到他。他說，講了他，他的負擔會很重。他要我講那些挨不到的人，如已判決的黃元雙和還在走路的江添進。所以，我的判決書沒寫到黃順欽。

黃元雙是三灣鄉太平村人，做炭簍的工人。據「曾文章案判決書」所載，黃元雙結識彭南華、江添進，在大河底及紙湖方面發展組織；彭南華將曾榮進、張德有交給他聯絡、指導，建立小組；被捕時年卅八歲，其後處刑十三年。實際上，我並不是黃元雙介紹的；因為他當時已判決了，講他也不會因此加罪。

我受的是日本教育，較直，心想講了就可回家；所以他問什麼就回答。頭到尾，我們講的話，沒什麼「走口」地方。這樣，我雖然以二條一項起訴，卻沒被殺到。

我記得，當時，一個姓曾還是姓陳的刑警用日文對我講：「廖桑，兩個人就有各一套西裝……」他的意思是說，政府鼓勵他們儘量抓「匪諜」出來，只要成案就有獎金。

自首後，他們也曾叫我去找江添進，還有責任區，負責哪一帶，有事情就找我，不是那麼單純的！

江添進走後，特務對他家逼很緊，糟蹋得實在可憐！「三日一小宴，五日一大宴」，可以說，隔日就叫江添進的父親江應發去問話，軟硬兼施。說什麼你只要把他叫出來，就沒事情！……搞得他家沒法安生！江發伯，七十多歲了，吊上不吊下，一心想救自己的兒子，事業也沒法做了。他後來也被抓進去。那時，人家說他瘋掉了，想不開，問他什麼都應是。可我卻認爲，他反正已打算要死了。

自首不清

一九五二年九月十二日，農曆七月半剛過一個禮拜的下午，他們又把我叫去苗栗警察局，說我沒有交代我和廖紹崇及林新盛、李成龍和江秋元的組織關係，「自首不清」。

實際上，林新盛、李成龍和江秋元是住在永和山山背的佃農，我和他們算是親戚關係。我們都耕同一口陂塘水的田，天要是沒落水就沒水好做；所以要及時做田。他們耕的是河底的泉水田，較早蒔完，我們就調他們的牛和人工來幫忙，一定要在三兩天內蒔完田。牛不是機器，那時，如果只是一條牛的話，一甲田需要十天才做得到來蒔；若是三條牛一起犁田，三天就可蒔完田。所以，我們採取勞動互助的方式，經常一起交工耕作。

怎知，這樣，我們就變成「農民團」了。

還有得活

當天晚上，我在苗栗警察局做了筆錄；第二天就送台北刑警總隊；大約一個禮拜後又轉到保密局（日本時代的西本願寺）的地下室，前後一共關了四十幾天。我被關到傻了，連自己幾歲都不清楚了。還好，因爲沒什麼疑點，沒被打。

最後，我們被送到青島東路的軍法處看守所。不知幾天後，大概是兩個月吧？我們又被提庭再審，調查那些口供是否確實？然後才宣判。宣判雖然有法庭的形式，也有指定的辯護律師；可那律師卻只是做戲般地照判決書唸。律師講的很好聽，說是因爲如何如何而減刑。從頭到尾，我們一句話也沒得講，完全是他們一手包辦！

在軍法處看守所，同房有一個彭金石，他是隔壁鄉造橋人，和我約略同時被抓。他們那案一共三十幾個被抓。我問過他：「你們怎麼會被抓？」他回答說：「我哪有做什麼？我們三個人在山上駛石炭車，三個人一台車，就說我們三人一小組，我是小組長！」結果，他們被打掉五個；他是其中之一。你說冤枉不冤枉！現在，講到他，我的目汁（眼淚）就出了！……我離開軍法處時，他還沒執行槍決。他告訴我說，他被判「二條一項」。按照當時的行情，「二條一項」就包死，穩死沒救！

我也被判「二條一項」。那時候，我心裡已經準備了，隨便它來，後事也交代好了。雖然我已經有小孩了，心想，賣掉就算了；人生到了這個地步，什麼事也不用多講了！怎知，判決時，我卻沒死！還有得活。

消極抵抗

判決以後，我在新店安坑軍人監獄，關了五年多。

我記得，軍人監獄一共有廿二個押房；前十房關押的都是一些處刑較輕的難友，十房以後，一般都是調皮搗蛋的人；其中又以智監最調皮。我後來發現，裡頭還有五、六個房間是那些被關到神經錯亂的人。

在安坑軍監的這段期間，我關在仁監第十八房。我聽說，軍監裡頭關的人各階層都有，有立法委員、博士、大學生、教員、阿兵哥……，甚至包括後來也被槍決的軍法局長包啓黃。當時，阿兵哥被殺得最可憐；今天抓去，今天就帶去槍斃。我聽說，裡頭還關了一個曾做孫中山先生秘書的老先生；他已經八十幾歲了。他的兩個兒子是中將。其實，他並不是怎麼關，算是軟禁；關在一個房間內，隨他活動。我們也接觸不到他。

在軍監期間，通過同房一個原本在外頭當中學國文老師的外省籍難友的教導，原本一個中文字也不識的我，也學會自己寫信了。可後來到了火燒島，就沒機會再進一步學習了。

我不知是第幾批被移送去火燒島的。到了火燒島，我就被分到第三大隊第九隊；在那裡種菜、種地瓜，也上那不想上的政治課……。

在那裡，許多事情明明是白的，它卻偏說是黑的！

後來，我被選去做伙食採買，經常跟班長出去採買。幾次下來，我就發現班長和當地賣菜的百姓有勾結；事事要聽他的，他說可買才買。我心想，既然人家選我做採買，你也該聽點我的意見，怎麼一切要聽你的！比如，豆子，大家都吃怕了，他還一定要買，不買不行！我知道他和商人有利益勾結，於是堅決反對；不買。採買的中隊長不敢得罪班長，卻要我們犯人去跟他沖，這樣就得罪了班長；他就來整我。有一次，我把吃不完的米和老百姓換花生，讓大家早上配稀飯吃；他就說我偷軍糧去賣。其實那只是「以物換物」啊。

裡頭一個「反共義士」出身的班長就勸我：「你多少和他們妥協，不要那麼固執；你差不多也快結訓了！」我說：「我問心無愧，留訓也不怕。」

這樣，當我關到第十二年，刑期已滿時，他們卻說我「消極抵抗」，把我「留訓」一年三個月。唉喲！你想，我人都被關呆了，還能怎麼「消極抵抗」呢？真是冤枉！不過，人一旦被關久了，就會有一種「聽天由命」的想法；當時我心想，既然都關了這麼多年，你要關就讓你關個高興吧！我於是做我自己的打算，決定把身體顧好就好；要不，我回去以後要靠什麼吃飯？

回家

我廿九歲被捕，回來的時候已經四十二歲了。十八歲那年，母親過世；到了廿二歲，父親也跟著走了。廿六歲那年娶妻，可三年後就出事了。

我被捕的時候，已經有兩個小孩。家裡還有兩個年紀較小的弟弟。就是因爲這樣，先前，我才會自己主動去辦「自首」；可我還是與最大的弟弟紹崇一同被捕了。

我被捕以後，我老婆的日子就過得更辛苦了。可日子再怎麼難過也得要過啊！她還是靠著養豬，勉強維持一家人的生活，也把小孩撫養長大了。她從來沒想過嫁過人。我曾經寫信向她表示要她改嫁，可她卻在託人代筆的信上堅決表示：「你沒死，我怎能嫁過人呢？」後來，我就不再提這樣的事了。

我太太是頭份斗換坪人，她嫁過來時是廿三歲。她也不知道我爲什麼會突然被抓？也沒有錢出去打聽我和弟弟的下落？更不用說到台北或是火燒島來看我！所以，從我被抓走那天開始，我們已有足足十三年之久沒見過面了。因爲這樣，快要回到家的時候，我難免會擔心：她還認得我嗎？……由於我並沒有寫信告訴她我要回來的消息，所以，當我回到大河底老家的時候，她剛好到頭份圓廟，不在家裡。天快要暗的時候，在路上聽到消息的她，終於高興地回到家來。這時候，我看到她已經從一個少婦的樣子變成一個中年婦女了。

回家以後，我還是待在家裡種田。我的兩個小孩起先都因爲陌生的關係，和我疏遠；漸漸地，他們才與我拉近距離。

我想，每一個時代都有時代的犧牲者。我在那時候眞正感覺到：「我的人生啊！也是時代的犧牲者。」怎麼說呢？……碰到那樣的事，在當時，你想要跑，也沒得跑；跑也跑不開。比如說，那時候，有很多人，他的親戚在跑路，跑到他那去吃一餐，後來他親戚一家人卻因此被殺光。講道德來說，那樣有道德嗎？那就叫做做絕事啊！爲了自己的生存而滅了親戚。我們也一樣，爲了它朝廷的政權問題，拿老百姓來開刀！

其實，我們哪有什麼反政府的活動？我們有去行動嗎？有走上街頭嗎？沒有啊！最多，只是和地主抗爭而已！而這也是擁護它（政府）的政策啊！可它還判我「反三七五」。

這樣，我還有什麼話好講！

誰反三七五？

──廖紹崇的證言

廖紹崇，三灣鄉大河底的貧農，廖宏業的二弟。

根據前「台灣省保安司令部〈四一〉安潔字第三五二三號判決書」所載，廖紹崇於三十八年（一九四九）秋間，由其兄廖宏業及「叛徒」黃榮貴介紹，參加「農民團」組織集會四次，聽講推行反三七五減租及吸收黨羽等問題。

四十年（一九五一）十二月間，廖紹崇與其兄廖宏業同往苗栗縣警察局自首。惟於自首時未將林新盛、李成龍、黃榮貴等組織關係供出，事由苗栗縣警察局偵悉，將廖宏業、廖紹崇一併押轉解保安司令部軍事檢察官，偵查起訴。

四十一年（一九五二）十二月，以「參加叛亂之組織處有期徒刑五年褫奪公權三年」。

從日本兵到國軍

一九二六年，我在大河底一個貧農家庭出生。家裡五兄弟，我排行老二；大哥廖宏業比我大兩歲。在我的記憶中，小時候，因爲父親有病，家裡主要就靠母親做衣服代工來過日子。

八歲那年，我進入大河公學校就讀。那時候，一個年級有一班；我們那一班當時還有好幾十個人。我記得，每一學期，學校老師都會按照學生的考試成績調整座位；考試愈高分的人，座位就坐愈後頭。四年級時，我坐倒數第三個；坐最後一個的是黃文和，倒數第二個則是黃逢開。五〇年代白色恐怖期間，我們三個，還有彭新貴、江能水和徐方亭等同班同學都先後被捕，並且分別被處以槍決或十三年以下不等的有期徒刑。

因爲家裡窮，從大河公學校畢業後，我就出社會打零工，幫忙家裡賺錢，維持生活。日據末期，我和同班同學黃逢開一起被征調去當日本兵。當時，客家人在部隊是少數，經常會被福佬人欺負。原本是新竹南門國校校長的日本人班長木村就把客家人另編爲第三組（一班三組），並指派我做組長。那時候，我因爲完全受到深化的日本教育，很有日本精神。

做日本兵回來後，我和黃逢開各自爲生活奔波、忙碌，也很少在一起。後來，我雖然有聽到他被抓的風聲；可詳細的究竟，我也不太清楚。一直要到他被打掉後，我才因爲受到其他人的牽連而被抓去坐五年牢。

台灣光復後，我看到國民黨接收台灣的情形，就有很多不滿。以前，老人家經常向我們提到祖國！祖國！可我沒想到，那些來台灣接收的祖國官員卻令人感到失望。

當時，我還不是役齡者。可國民政府一來招兵，我就志願參加了。……那時候，我並不知道它在台灣招兵要做什麼？我只想到當兵的待遇不錯，就去了。可它的招兵卻是步步用騙的，它騙說如何如何……；我一去就知道受騙了。

我到竹南報到的時候，所有來帶兵或辦理招兵業務的軍官，都穿著畢挺的、薄薄的軍服；不敢穿平常的棉襖給我們看。我心想，這樣冷的天氣，穿這樣，會冷死的！吃過晚餐後，我看到一個穿著棉襖的伙房經過，就問他：「部隊是穿這種棉襖嗎？」他騙我說：「不是！不是！全部都穿那種軍服。」然而，第二天早上，我們被帶去今新竹省立中學的第三營營部的時候，我卻看到四處走動的都是這種穿棉襖的兵啊！那時候，我就失望了。我知道，它口是心非，完全是講的一套做的另一套；都是用騙的手法……。

那時候，我們第三營的兵員已經足額，可其他單位還不夠；爲了吃空額，它就騙我們說：「凡是家庭有任何困難的人，只要打報告出來，就給你回家看看！」這樣，我和許多人立刻就打報告。結果，凡是打報告的人它都批准，說要讓我們回家探親；可實際上卻把我們調到別的單位去充數。我想，它一定認爲，不這樣騙，我們一定會逃兵吧！

我就這樣被它帶到衛生隊去。我被衛生隊借過去以後才知道，因爲我們的兵籍沒用文書來往，所以部隊吃空額的情況嚴重。一句話，大官吃小官，小官就吃兵仔；薪水、補給、米糧，全都這樣吃。沒這麼多兵仔卻虛報那麼多，爲的就是吃。因爲這樣，各部隊的兵仔就被借來借去。

看到這樣腐敗的情況以後，我們這些台灣兵就很清楚：它國民黨的軍隊當然打不贏共產黨！因爲人心不要它了！與此同時，我們心裡也開始不滿地想到：國民黨在大陸已經有那麼多兵仔了，怎麼還要調我們台灣人去打共產黨呢？爲什麼你奈它不了，卻要調台灣兵仔去打呢？所以，那時候就已經沒有要效忠國民黨的兵仔了，我們這些台灣兵的心已經反了。在部隊裡頭，我們台灣兵在一起時就會說：「我屌你的祖公！你就不要給我碰上共產黨，碰上共產黨，我就要靠過去！」

因爲這樣，到了衛生隊後，我雖然一直想逃跑；可怎麼也跑不得。因爲我們志願入伍的時候都有保證人。我若逃跑，它抓不到我，就會去抓我的保證人，或是父母。我看到很多已經逃跑的人，就因爲父母或保證人被抓去關，而又不得不出來，就不敢跑了。不敢跑，就在衛生隊又待了一年多。

年底那時，台北區三一九團因爲兵仔不夠，就要調些我們新竹區三二〇團的兵仔上台北

INK PUBLISHING

讀者服務卡

您買的書是：＿＿＿＿＿＿＿＿＿＿＿＿＿＿＿＿＿＿＿＿

生日：＿＿＿＿年＿＿＿＿月＿＿＿＿日

學歷：□國中　□高中　□大專　□研究所（含以上）

職業：□軍　□公　□教育　□商　□農

□服務業　□自由業　□學生　□家管

□製造業　□銷售員　□資訊業　□大衆傳播

□醫藥業　□交通業　□貿易業　□其他＿＿＿＿＿＿

購買的日期：＿＿＿＿年＿＿＿＿月＿＿＿＿日

購書地點：□書店　□書展　□書報攤　□郵購　□直銷　□贈閱　□其他

您從那裡得知本書：□書店　□報紙　□雜誌　□網路　□親友介紹

□DM傳單　□廣播　□電視　□其他

您對本書的評價：（請填代號 1.非常滿意 2.滿意 3.普通 4.不滿意 5.非常不滿意）

內容＿＿＿　封面設計＿＿＿　版面設計＿＿＿

讀完本書後您覺得：

1.□非常喜歡　2.□喜歡　3.□普通　4.□不喜歡　5.□非常不喜歡

您對於本書建議：

感謝您的惠顧，為了提供更好的服務，請填妥各欄資料，將讀者服務卡直接寄回或傳真本社，我們將隨時提供最新的出版、活動等相關訊息。

讀者服務專線：（02）2228-1626　讀者傳真專線：（02）2228-1598

廣　告　回　信	
台灣北區郵政 管理局登記證	
北台字第15949號	

235-62
台北縣中和市中正路800號13樓之3

印刻出版有限公司　收

讀者服務部

姓名：＿＿＿＿＿＿＿＿＿＿　性別：□男　□女

郵遞區號：＿＿＿＿＿＿

地址：＿＿＿＿＿＿＿＿＿＿＿＿＿＿＿＿＿＿＿＿

電話：（日）＿＿＿＿＿＿＿＿（夜）＿＿＿＿＿＿＿＿

傳真：＿＿＿＿＿＿＿＿＿＿

e-mail：＿＿＿＿＿＿＿＿＿＿＿＿＿＿＿＿＿＿

INK

充數，吃空額。可它不告訴我們眞相，還是用騙的手腕說：「現在，老弟兄要退伍還鄉；你們新兵要是有困難，只要打報告，就讓你們回家。」起先，大多數的人也以爲，這次，它眞的要給我們回去了。同營一個叫江金水的志願兵看到我就高興地說：「看來，這次眞的可以回家了啊！」然而，有了上次被騙的經驗以後，我心裡清楚，問題不會這麼單純的；我認定，這次，它還是會用騙的手腕來對付我們！所以，我什麼也不想講；心裡卻步步準備著。

那個早上，部隊編好隊，要移動的時候，大陸來的第三營營長，特別跟第三營那些要退伍的老兵弟兄說：「這次，大家要是沒能退伍，你們就跑吧！有事情，我來負責。」我牢記著第三營營長說的話，告訴自己：「這次，若沒讓我們回家，跑，沒關係哦！」

果然，部隊出發前，它又騙我們說，要先到中壢一〇七師師部，領退伍證！結果，是這樣嗎？不是。到了中壢師部，三一九團各單位的部隊就來點兵；體格好的就先被點去。它在我這個單位點到的兵仔出來排隊後，就到別的單位去點。我們這些被點到的兵仔被叫出列後，並沒有全部傻傻的站著，等它把我們帶走。我看到那個從大陸來的班長就利用它到別處點兵時，趁機跑去躲起來。我也不是傻子。我想，它既然會騙我，我也會騙它！它會這樣做，我也會學它那樣做啊！我一邊跑一邊想：萬一要是被他們抓回去台北，只要我硬是不老實講，它也查不到我是從哪個單位來的啊！……

結果，我就這樣逃跑回家。一直到後來也沒事。

三七五

回家後，我就在家裡繼續耕種。後來，我又因爲三七五，跟業主對立的事情，被抓去。

那時，耕種人受到地主種種的壓迫、剝削。地主本身若是也有耕種，他若比較忙，你就得去幫忙；不去，他就會吊佃。這就造成業主跟佃農的對立。佃農要吃飯也不得。你若說耕無、割無，天災、地變，收成不好，要求減租；除非他地主歡喜；他若不歡喜，不給你減，就是不給減。你耕的穀不夠，割的不夠，你糴也要糴給他。所以耕來耕去，硬是沒得吃。而人要生存就得吃啊！

那時候，一個在鄉公所服務的同鄉江添進就跟我們佃農說：「你們怎麼這麼笨，現在政府在施行三七五減租的政策；你們既然耕不到來吃，就應該去要求地主，按照政府的政策，實施三七五啊！」當時，鄉公所全是那些地主的勢力在把持，所以政府的公文到了鄉公所，他們卻故意不下鄉宣導；我們這些知識不多的佃農也就不知道政府有這樣的政策。現在，既然在鄉公所服務的知識青年江添進向我們透露了這個消息，我們於是打算在政府官員下鄉宣導時，結伴去鄉公所，要求把這個政策落實到田庄。那些地主事先知道了，就在政府官員下來之前與我們佃農妥協，叫大家不要三七五，大家「耕分」吧！割多少就與他平分多少。可我們不接受，這樣，就得罪了地主。

結果，我就因爲三七五而被判刑五年。

自首

後來，彭南華、黃順欽等那些走路的人出來自首；他們出來以後，就得坦白交代他們和誰有關係。否則被查到了，就難過。他們不得已叫我們兄弟出來。我和彭南華可以說沒關係，事情怎麼會連帶到，我也不清楚。可彭南華和黃順欽兩人出來後，我和我哥還是於一九五一年十二月，出去苗栗縣警察局辦理自首。

我被捕以後，在苗栗警察局只待了一夜，就被送到台北刑警總隊；三個禮拜後，又再移送保安處；在保安處不到一個月，就被送到保安司令部軍法處看守所；半年後判決。

那時候，我還沒有什麼知識，呆呆的，哪像現在已被騙得沒那麼老實了……。許多口供，都是他們念給我畫押的！他們說我「反三七五」，是「共匪的外圍分子」。問題是，講我「反三七五」，有人要信嗎？你想，有哪個佃農會「反三七五」呢？這根本就是判官公開做的戲，有的沒的，就這樣胡亂給我按個罪名上去，如此而已！其實，我那時根本就不是「反三七五」，反而是擁護政府的「三七五」啊！

我的判決書上說，我於「三十八年（一九四九）秋，由兄宏業及黃榮貴介紹，參加農民團，集會四次」。

我怎麼會知道什麼是「農民團」？我想，就像我彭新貴同學說的：「我不是共產黨，是你們國民黨給我戴共產黨的紅帽子。」我能是什麼「共產黨」呢？我什麼也不懂啊！我只知道努力耕作來生活啊！

軍法處

當時，軍法處看守所押房的環境實在難過，小小一間，關幾十人；睡覺要用輪班的，一、二十人側身睡，十人蹲著，睡得像鰻魚一樣。

我剛進去時，問裡頭一人：「你進來多久了？」他說：「好幾個月了。」我心裡暗暗欽佩。我想，這種鬼地方，只要一個禮拜，我就受不了了……

那裡，因爲通風差，悶熱，就是夏天也沒蚊子；而冬天睡覺時，不必穿什麼、蓋什麼，也可以。另外，因爲沒有採光的窗口，裡頭沒日沒夜的；根本不知道白天或晚上。我想，閻王殿也沒這麼可憐！就我所知，有好幾個國防醫學院的學生就被關到瘋掉了；屎也吃，尿也喝！最可憐了。能熬過那種環境的人，實在也不簡單。一直到現在，我作夢都還會怕。

我記得，原軍法局長包啓黃關在軍法處時，我們犯人的待遇全是軍人待遇。如果照軍人待遇，按理，平常也該有幾菜幾湯，三大節時有肉吧！然而，政治犯卻很可憐，全都無有；吃飯泡鹽。一直到包啓黃被槍決後才有。所以說，它向來就是這樣大官吃、小官吃，吃來吃去的；犯人的最易吃，不能講話啊！你要講話，帽子就給你戴上去，拉到獨人房，刑得你不敢！

軍法處裡頭非常恐怖！非常讓人畏。

在那裡，我曾經看到很多不知什麼名姓的難友被叫出去打（槍決）的情景。我記得，有的叫到時，呆呆的，不會穿衣服；有的叫到了還勇敢地滿間打招呼。有一次，我看到一個老阿伯仔被叫出去槍決。他不知哪裡人？很老了，約有六、七十歲。他被喊出去要打時，還邊走邊吃花生仁，不知會沒命！

像這種冤枉死的人，實在很多！

不做牆頭草

判決以後，我就被送到新店安坑的軍人監獄。軍人監獄的氣氛，同樣非常恐怖！反正，它就是要叫你什麼都別管，只管認眞上政治課，讀批判共產黨的書；這樣就不會惹事了！

日本時代，家庭苦，公學校畢業後，我就失學了。因爲沒讀到書，知道讀書的重要，在監獄裡頭就很用功學習。那時候，同房的難友沒有其他客家人，我既不會講閩南話，也不會講國語，凡是看書或看報紙有不識的字，我就把它寫在手巴掌上；一天兩次放封，在運動坪散步的時候，再請教那些知識水平較高的客家難友。我不貪多，一天學五、六個字，十天就學了五、六百個字；一百天後就認得五、六千個字了。終於，我也能讀能寫一般的中文了。

因爲對數學特別有興趣，我又開始學數學；碰到不懂的地方，我就用日本話請教同房其他學歷較高的難友。出獄前一年，我體認到，數學程度要再提高的話，就得看一些相關的外國雜誌，因此就得學英文。我於是要求同房一個原是台南工學院學生的難友教我英文。他聽了我的要求，既沒答應也沒拒絕，只是問我：「你回去以後打算做什麼？」我說：「耕種。」他於是說：「既然這樣，你學數學和英文要做什麼呢？」他進一步開導我說：「如果我們要不枉坐這幾年牢的話，我們就得知道做人做事的基本道理。只要我們有了在社會上做人做事、判斷是非的能力，我們就不會像牆頭上的草那樣，東風吹來西邊倒，西風吹來東邊倒！」我聽了他的話，於是開始學習基本的思想認識的道理。

五年刑期滿後，他們又多關了我十幾天。

從新店安坑軍人監獄回來以後，爲了安定家庭生活，我什麼事都做過。

他們等到我滿十八歲那天……

——黃逢銀的證言

黃逢銀（1934-1998），三灣鄉大河村農民。

根據「台灣省保安司令部（四一）安潔字第二一三三號判決書」所載：黃逢銀因「於卅八年（一九四九）七月至十月間參加匪外圍組織讀書會聽信匪徒宣傳」，而於一九五二年二月八日，滿十八歲那天被捕。

另據「台灣省保安司令部（四一）安潔字第一七七四號裁定書」所載，黃逢銀與同村村民劉清泓等人「於偵查中執行羈押至民國四十一年（一九五二）五月九日屆滿二個月茲經聲請人（保安司令部軍事檢察官）以偵查尚未終結仍有繼續羈押之必要聲請延長羈押期間」；同年五月廿九日，台灣省保安司令部軍法處審判官甘勵行「經覆核無異應予照准」，並「特依刑事訴訟法第一百零八條第一項第二項」裁定：黃逢銀與劉清泓等大河村村民共八名，「羈押期間各延長二月」。

到了同年六月廿一日，羈押未及延長的二個月，台灣省保安司令部軍事檢察官端木棪又以黃逢銀對上述「於卅八年（一九四九）七月後參加匪外圍組織讀書會」之「事實」，已「在苗栗縣警察局供認不諱並經自首分子彭南華……等在該局供證屬實互相一致犯情明確自不能任其在本部空言翻異」而提起公訴。結果，軍事法庭審判官邢炎初認定「讀書會既係匪外圍組織自不失爲叛亂之組織」，被告黃逢銀既「參與開會聽其宣傳匪幫理論應依參加叛亂之組織論罪」；最後並據此推論，「依刑事訴訟法第二百九十一條前段懲治叛亂條例第五條第十條後段第十二條刑法第卅七條第二項」，以「參加叛亂之組織」罪名，判決時年十九歲的黃逢銀「處有期徒刑十年」，「褫奪公權六年」。

最後，據國防部台灣軍人監獄「監訓字第〇〇七號」開釋證明書所載，國防部台灣軍人監獄監獄長李正漢於民國五十一年（一九六二）二月十四日，以黃逢銀「思想已改進」之由，發給已於同年二月六日刑期期滿的黃逢銀一紙開釋證明書。

關於我哥及其脫逃

我家住在苗栗縣三灣鄉大河村神桌山山腳下的三洽坑，世代做佃農。我媽黃羅冬妹，民前八年生，育有二男五女。我爸黃春標原本以做粗紙（金銀紙）維生，因爲紙價不好，後來便改行務農，以佃耕維生。他在原來浸泡竹子的湖塘底蓋了一間簡陋的茅屋，勉強讓一家人有個遮風避雨的家。

我是日據時代的一九三四年二月八日出生的，屬狗，次男。我念到大河公學校六年級時，台灣光復。

我哥黃逢開生於一九二六年十月廿九日，是家裡的長男，生肖屬虎。那時候，大河底還沒有設立學校；我哥就去南庄的大南埔公學校讀書。雖然他每天都要走好幾公里的路去上學，他也不怕辛苦；他很認眞讀書，一直拿第一名。後來，大河底公學校成立了，他就轉回來讀；後來成爲大河底公學校的第一屆畢業生。

因爲地主規定繳交的租穀實在太重了，我爸再怎麼努力耕種，繳了租穀以後，一家人還是沒得吃；也就更談不上讓我哥和我上學了。因爲這樣，我小學沒畢業就開始做農，幫忙割草和看牛；我哥在大河公學校畢業後，也不再升學，留在家裡幫父親務農，後來，也曾出去做燒炭的工人。

太平洋戰爭期間，我哥被征調去當了兩年的日本兵。我記得，好像是在南庄訓練所訓練。做兵回來，他仍然在家裡耕田、燒炭。

台灣光復以後，我哥一直在家耕種。後來，因爲花生油的價錢很好，他也打了兩年的花生油。第一年，他先去跟人家學；終於把花生與水的比例搞清楚了。第二年，他就自己做師傅；結果，他雖然可以用一百斤花生打出兩斤的花生油，但是花生渣的量卻不夠給人。因爲這樣，就失敗了。一段時間後，大概是一九四九年前後吧，他就去三灣街上，給一個叫廖天珠的人開的礱米廠，做了大概一年。

我記得，我哥黃逢開可能是一九五〇年二月中旬左右離開家的。那時候，他們要來抓他，但沒有抓到。從此以後，他就開始「跑路」了。

後來，從火燒島回來以後，我才聽到一些相關的說法，說是：起初，我哥是讓鄰居彭南華吸收，加入組織的；後來，他卻是由廖天珠教育出來的。當時，我只知道他在礱米廠做事，卻不知道他在那裡搞些什麼？我想，因爲我還小，我哥也不敢讓我知道這些事情。所以，我哥爲什麼會被抓，我也不知道。至於我哥究竟是不是什麼「匪黨分子」，因爲我那時候年紀還小，所以我也不知道。

我記得，他們來抓我哥的那天晚上，我哥有跟我講：「半夜，可能會有人來抓我……」

所以，他就拿著棉被，到屋後紙寮去睡。他說：「如果他們來的話，我連被子都會拿走。」結果，他因爲白天勞動，太累了，睡得像死豬一樣熟；那些刑事一直搖他，才把他搖醒。我哥就這樣被他們逮捕了。可是，當他們穿越狹窄的巷子要走出紙寮的時候，日據時代學過柔道，身體結實的我哥就趁機把那個牽著他的刑事，過肩摔到旁邊的山溝；然後趁著夜色，跳入山溝另一邊，往神桌山山裡逃跑。那些刑事然後就下來我們家，找我們的麻煩；他們手裡拿著短槍，敲打我和我父親，問我們：「那個人是誰？怎麼會在那裡睡覺？」我們當然騙說，我們怎麼會知道？……

我哥在逃跑的時候，從上段跳到下段時腳扭傷了。所以，我想，他當時可能還不能走路！如果那些刑事繼續追的話，他應該就當場被抓到了；可他們卻因爲地形不熟，天色又暗，就沒去追了。一直到後來，我才知道這情形。

父親憂煩而死

我哥第一次被抓逃跑以後，當地的刑事每個晚上都會來我們家搜查、盤問。

我爸是個老實的農民，遇到我大哥被抓這樣的事，心裡當然感到十分煩憂；因爲這樣，身體就開始得病——發燒。他的高燒一直退不下來，我們就到三灣街上請醫生來給他注射；

但是，這請那請，卻沒半個醫生敢來。我們只好回大河底家裡，想要拜託人家，幫忙抬我父親到街上給醫生看病，也沒有一個人敢幫忙。這樣，我們只好弄一些傳統的草藥給他吃。以前，我父親偶爾生病，自己會弄一些草藥來吃。那時候，即使是像六月雪這種最苦的青草藥，一般人就是加糖也苦得吞不下去，可他卻能不皺眉頭地一口吞下去，而且不用漱口；可現在，因爲心靈受到打擊，他卻一口藥也不吞，拚命說苦。因此，他連續燒了三天，最後變成肺炎；第四天晚上，就死了。天亮以後，就在幾個鄰居幫忙下，抬到山上，草草埋葬；也沒有辦什麼法事。按習俗，那些幫忙抬棺的鄰居應該留在我家吃午飯，我們雖然勉強準備了簡單的飯菜，可他們卻一個也不敢留下來吃。

我想，我哥應該知道我阿爸過世的事情；可他卻不敢回來……。

我也被捕了

後來，那些刑事怎麼找也找不到我哥的下落。他們爲了要叫他出來投案，就三不五時地來家裡鬧；他們每次都拿著槍來，門一打開就到處亂搜！他們對我說：「你哥又在哪裡被發現到了，你要去找噢！」

那時候，我父親已經過世了，我母親也因爲操煩而病懨懨的；她的心肝已亂，他們不會煩她。幾個妹妹，年紀又還小；所以家裡其他人他不會找，只找我。我被搞得根本不用想做什麼事，不去找也不行！我去了，他們也硬是說我沒去！可他們從來也不跟著我去找。當時不像現在有摩托車，那些山路，就是自行車也走不得，大體都要步行！

找回來後，我據實向他們報告。

他們說：「你根本就沒去找！」

「我怎麼會沒去找！」我申辯說：「我去到哪裡，他的門牌號碼及戶長是什麼；不信，你們自己去對對看，有沒有這個人！……」

我就這樣找了有兩年。

其實，也不是說我就眞的不知我哥他跑去哪裡。我哥脫逃以後，並沒有就此離開我家附近；他仍然在家後山的神桌山區藏匿。他跑了兩三天後，我的叔伯阿哥黃逢財上山鏟竹筍時發現他躲在山上，用芒草和山竿葉子搭了一個勉強可以遮風避雨的草寮；這之後，阿財哥才拿飯去給他吃。可這事，當時他們並沒有讓我們一家人知道。一段時間過了以後，刑事不再來我們家盤查以後，我哥才敢偶爾回來；他來來去去的，轉來就要吃飯；也曾帶著一些跟他一樣在跑路的人，像彭南華就是其中之一，回來家裡吃飯。那時候，他們在我家後山一待就是半個多月。只是我都沒有向他們報告。這大概也是我後來會被判十年刑的原因吧！「知情不報」嘛！

那些刑事抓不到我哥，就把我抓走。我後來想，他們其實早在我哥被捕又脫逃的時候就想抓我了，只是我當時還未滿十八歲；所以，他們就一直等到我剛滿十八那天來把我抓走。

一九五二年二月八日，我剛剛滿十八歲的那天晚上，管區的警察突然來到我家，叫我跟他們一起走一趟。當時，我也不知道是什麼事情，就乖乖地跟他們出門。到了苗栗警察局，我卻看到村子裡的年輕人，包括我叔伯阿哥黃逢財、上屋的鍾錦文，還有家在神桌山上的劉榮香、劉榮錦……等一整群人，都已經被抓進去了。

進去以後，他們就問我，我哥黃逢開和鄰居彭南華的事情。

他們先問我：「你認識彭南華嗎？」

我照實回答：「他是我的鄰居，我當然認識啊！」對我們山裡人來說，住再遠的鄰居也都認識。

他們接著又問：「你阿哥黃逢開，爲了什麼事跑路，你知道嗎？」

我說：「不知道。」

他們就告訴我說：「紅頭事件。」

他們大概是看我聽不懂什麼是「紅頭事件」吧！就跟我大略作了解釋。經過他們解釋以後，我才第一次知道有什麼「共產黨」這樣的事情。我哥出事那時候，我的年紀雖然不小了，但是還未成年，所以，就算我哥有參加什麼「共產黨」，他也從來沒有讓我知道。更何況，他究竟有沒有參加，我也不曉得。

他們又問我：「你哥跑路時，你有沒有拿東西給他吃？……」

我當然說沒有。

二妹轉述哥哥被捕的經過

我哥後來爲什麼會被抓到？因爲我已經被捕了，我就不是很清楚了。我從火燒島回來以後，二妹黃鳳娥才告訴我詳細的經過：

「你被抓去以後，阿媽便哭得沒日沒夜。那時候，家裡天天只聽得到她的哭聲，沒有其他聲音；她一邊哭還一邊咳，像肺癆那樣咳得就要死了那般恐怖。那些刑警時不時還會半夜來我們家騷擾。因爲這樣，每次在半夜聽到車子來的聲音，我們擠在同一張床上的幾個姐妹，都會怕得抱在一起發抖。每次，他們都恐嚇阿媽說：『你要是沒把你大兒子帶出來的話，我們就不讓你的小兒子回來！……』阿媽於是就四處去打聽大哥的下落，想要勸他出來。

「大哥後來怎麼被抓的，我也不是很清楚。可我聽阿媽講過，後來，有一個叫阿媽舅媽的劉登興來找她。他既然叫阿媽舅媽，那我就該叫他姐夫囉！那個我該叫他姐夫的劉登興向阿媽說：『舅媽，他們像這樣常常日日來抄家，也不是辦法；要不然，我帶你去一個地方找，試看看阿開仔有去那裡做事沒？』他又告訴阿媽，說什麼現在政府有一個自首辦法，只要出來自首就不會有事的。他自己就辦了自首。阿媽心想，假如大哥有犯罪的話，就該自己擔當；二哥你還是小孩子，什麼也不知道，只知道看牛、割草、做田事，要讓你回來。而且，她認爲，既然政府有條件這麼好的自首辦法，不管怎樣，一定要找到大哥，帶他出來自首。阿媽就說：『阿登興，你要是知道阿開仔在哪裡，你就帶我去找吧！』但是，阿媽怎麼也沒想到：大哥後來會被抓到、槍決；你也被關了十年。我們幾個母姐就這樣辛辛苦苦寒寒酸酸地過了十年。

「話說回來。劉登興告訴阿媽，大哥躲在獅潭鄉一個叫做仙水坑的地方。阿媽聽了劉登興的話，就由他帶領，一路走到仙水坑。到了據說是大哥躲藏地方的附近時，劉登興就向阿媽說：『阿舅媽，我聽講阿開仔就在這上面做事，你上去那烱香茅的地方看看；我不跟妳上去，就在這裡等好了。』我想，他大概是因爲辦過自首了，害怕大哥會對他反感或怎樣而不敢上去。阿媽於是自己一個人走上去。她上到山頂那烱香茅的地方，果然看到一個人正頭傾傾地在燒材；阿媽從背影就看出那人正是大哥。自己生的兒子，阿媽當然認得出來。但是，阿媽不敢馬上與他相認；她於是走近大哥，故意作話說道：『唉喲！某某先生，你怎麼會跑到這裡來呢？你不是欠我多少錢嗎？現在，你既然被我碰到了，那你欠我的錢要不要還我呢？』大哥回頭看到是阿媽，心裡就有數了。他知道情況嚴重，臉色一變，過一會才說：『你來這裡做什麼？誰叫你來的？……這裡不是說話的地方，有什麼話，我們去上面說。』阿媽於是就跟著大哥往上走。他們一直走到一個大石頭的後面（這可能就是他藏身的地方那我就不知道了），大哥才又生氣地對阿媽說：『你做什麼要來呢？你這樣會害死我，你知道嗎？』阿媽就勸大哥說：『現在，政府有很好的條件讓你們辦理自首，你只要去自首就會沒罪。』然後，她又告訴大哥，誰誰自首了，誰誰又自首了……。『你被人騙了！』大哥不相信地說：『我現在怎麼可以去自首呢？我要是去自首會害死多少人你知道嗎？……』他們兩人講來講去，大哥就是沒有答應出來自首。眼看著天色就要暗了，大哥於是催阿媽說：『你趕快回家去，你要是不走，等下還會連累到我。』阿媽只好無可奈何地走下山。

「一下到山腳，劉登興馬上過來問阿媽說：『阿舅媽，談得怎麼樣？』阿媽不敢把實情讓他知道就騙他說：『沒有哦！我沒有看到阿開仔喲！』劉登興心裡大概也很清楚就勸阿媽說：『阿舅媽，這樣的事情不能騙人哦！你剛剛走上去的時候，對面山上有很多刑警在監視著，你走到哪裡，他們都看得清清楚楚的；這種事情騙不得的。你等會見到他們，一定要照實講。』阿媽一個婦人家，一顆心被人說得不知如何是好？於是又再上去找大哥。她想，自己的兒子，無論如何她一定要告訴他：『有人知道你躲在這裡，你不能住這裡了，自己要想辦法！……』可她上去剛剛跟大哥講話的地方時，卻找不到人了；大哥已經不知道到哪裡去了。這時候，天色已經暗下來了。阿媽不死心，仍然在山上邊走邊跌地找大哥；一直找到天完全暗下來了，才又下山來。『沒辦法了！』阿媽跟劉登興說：『我怎麼找都沒看到人了。』阿媽於是和劉登興走下公路。

「果然，他們一下來就看到一輛警察的吉普車等在路邊；然後就把阿媽載到汶水派出所問話。阿媽起先一直騙說沒看到大哥，可講來講去，實在騙不過去了，她就照實講說有看到大哥，可他不肯出來……。阿媽話才說完，刑警隊就立刻出動去抓大哥。到了晚上八、九點鐘的時候，人還在那裡的阿媽就聽到警察在聊說，抓到了，聽說大哥從很高的懸崖跳下去，他們就開槍一直打、一直打……。果然，後來大哥就從山裡被押解到汶水派出所。阿媽看到大哥的腳和頭分別被銃仔打到，血流得滿身都是；雖然用布包紮著，還是一直在流血……。阿媽說，大哥看到她很生氣，頭低低的，不管阿媽問他什麼，他都一句話也不說。

「當阿媽提著大哥那身換下來的血衣，從汶水回到家時，已經天快要亮了。我看到她哭得很傷心，全身軟綿綿的，一點力氣也沒有。儘管這樣，她還是一邊哭，一邊把經過的事情講給我和姐姐聽。等到天一亮，阿媽又要去看大哥。那天剛好是星期日，不用上學，我就陪她去苗栗。去到苗栗刑警隊，我看到大哥的頭和腳分別用布包紮著，血淋淋的，靜靜地坐在一張矮凳子上。他看到我們，也不理我們。阿媽跟他講什麼，他都不理她。我叫他：『阿哥，阿哥。』他也沒有應我，只是一直流淚……。我們看他流淚，也跟著流淚。阿媽看他一直不講話，還是忍不住勸他說：『阿開仔，聽阿媽講，你辦自首吧！你只要自首就沒罪！』『你知道什麼！我現在怎麼可以自首呢！』大哥看了阿媽一眼，應了她一句話，『這樣，我會害死多少人，你知道嗎？……』應完話，他又把頭低下來，氣憤地不再說什麼。後來，不管阿媽怎麼說，他也沒什麼反應，就只應那句：『你知什麼？』意思是說，你老人家懂什麼。

「這樣，我們就沒什麼話好對大哥講了；於是就傷心地回大河底。後來，我們就沒再見過大哥。足足六個月後，大哥就被槍決了。這段期間，我們只知道他被抓到台北去了，而我們卻沒有錢坐車去看他。後來，他經常寫明信片出來。那時候，你也被抓去關了，大姐才十三歲，我十歲，妹妹八歲；他不僅僅是寫給我們三姐妹而已，他還寫給左鄰右舍，說是阿媽年紀大了，三個妹妹又還小，拜託他們一定要幫忙照顧我們家人；日日這樣寫。他的信，不管是給我們的還是給鄰居的，都是寄到學校，沒有送進山裡來。每天，老師都會把信疊成一疊，然後讓我帶回來分發；每次，只要一聽到老師叫我的名字，我不用看就知道一定又是大哥來信了，我就走出去領信；我一看到那一疊信，還沒看內容就忍不住淚流滿面了，等我回到座位時，那疊信已經被淚水浸得濕漉漉了……。阿媽經過這樣的打擊，就只是日哭夜哭的，把身體也哭壞了，什麼事也不能做。」

在台北刑警總隊見到哥哥

在苗栗警察局關了七天，我就被送到台北刑警總隊。

我最後看到我哥的時節是我在台北刑警總隊關了一個禮拜後。那時候，在刑警總隊完全不能通話。它的房間做得和扇子（八卦）形一般，看得到人；他出來洗嘴、洗臉的時候，看得到人；但是卻沒法度講話。當時呢，我們看到的時候，我們兩兄弟，他也有看到我啦！他就用手比給我看，說是他頭上有被銃仔（子彈）打到，還有腳上有被銃仔打穿過去。啊！他那時候包著了，也看不到傷口。

我想，那是他被抓到的差不多一禮拜；我見到他的那日。因爲我被先抓去一禮拜，我一送走苗栗警察局，他跟著就被送去刑警總隊，這樣，我們兄弟倆才有機會見面。後來，一直過後，我就不曾再見到他；也不知道他的下落如何。

我在台北刑警總隊關了個把月，他們還是問我一樣的問題。然後，我又被送到另一個監獄；我當時不知道那是什麼地方，後來才知道是保密局。

從保密局到軍法處看守所

我在保密局的監牢關了四天後，又被推上一輛密封的卡車，載到青島東路的軍法處。

在軍法處看守所，我也不曾見到我哥。因爲我關在第二區第廿一房，他在第一區；他若出入，我也見不到；我這邊若出入，他是否有時能看到我，這我也不知道。我剛進去時，隔壁廿三房就有人傳話過來，問我：「你是不是黃逢銀。」我覺得奇怪，怎麼裡頭會有人知道我要被送進來？雖然是隔壁房，隔著牆，人卻看不到；經過傳話，我才知道，問話的人叫謝運石，是我們隔壁鄉獅潭鄉永興村人。我想，我哥他們大概和他有聯絡，所以他才會知道一些我的事吧！但是，我進去不知三天還是四天後，他就與同案的另外四人，被叫出去了。多年以後，我才知道，原來他們一案五人，都在那天被槍斃了……。

我在軍法處關了四個多月後才結案。我記得，從被捕到結案是整整六個月。結果，我以「匪嫌」、「知情不報」的罪名被判十年有期徒刑。

在火燒島

我被判決以後便被移送新店軍人監獄（原戲院），一個月後，又再送回軍法處；然後，跟隨最後一批難友，移送火燒島（綠島）。

在綠島新生訓導處，我原屬第三大隊第十一中隊，後來改調第二大隊第六中隊。集中營裡，老老嫩嫩的，什麼人都有。

那時候，因爲與我哥同案判決的李兆育（銅鑼人，處刑十二年）及羅集基（銅鑼人，處刑十二年，已逝）等人與我同隊，聽他們說，我才知道我哥已經被槍決了。可我當時也不知道家裡有去收屍，還是沒去收屍？也不知有通知屋家（家裡）沒？但是，我心裡清楚，一般收屍最少要五百圓的花費，以家裡當時的經濟條件，應該是沒有能力去收才對。

在火燒島，我前前後後什麼事都做過。剛去的時候，我種過菜；因爲這樣，我才知道農曆九月以後，空心菜炒過以後若沒馬上吃，菜色會轉黑。後來，我當過木匠，也養豬養鴨，也當過伙委。

平常，上政治教育課的時候，我只是應付應付罷了。所以，老實說，我後來會多少知道一些什麼社會主義或共產黨，都是國民黨教出來的；坐牢以前，我什麼都不知道。因爲沒政治問題，我在火燒島的日子基本上還過得去；但是那些有政治觀念的人，就經常被找麻煩。那時候，有很多人被送回台北，聽說就這樣被打掉了。

當時，有一些難友勸我說，你沒讀到書，又不識字，以後出去的話，你就麻煩了。他們勸我多讀點書。我於是也開始學識字，寫簡單的信；可總覺得十年回去後，不知外面變成什麼樣子？而且不知道自己能不能平安回去？於是就抱著一天過一天的不健康心理，有得玩就玩。所以，反而有更多時間在游泳和打球。

我刑期快到的時候，剛好在木匠隊；因爲許多關滿十年的人都已經出獄了，我當時所屬的第一大隊，也剩沒幾個木匠。於是他們新生訓導處的官員就說：「黃逢銀，你就要離開了；離開前，再給我們做一個籠床（蒸籠）吧！」我答應說：「好！你只要給我材料就好。」可他們卻始終不給我材料，叫我自己去找。我也就不理他們。

結果，一九六二年二月六日，我的刑期到了，隊上也不把我的資料送上去；似乎存心不讓我回家。我也不理它，整天躺在木匠房睡覺。有一天，剛好新生訓導處處長，我記得，好像是一名姓姚的少將，到那裡巡視。

「你怎麼在這裡躺著，沒去做事？」他看到我就問說。

我回答說：「我的刑期已經到了。」

他聽了就感到訝異的說：「既然刑期到了，怎麼不回去呢？」

我於是照實回答他說：「隊上不讓我回去。他們叫我做蒸籠，我沒有材料，沒辦法做。……」

第二天，我就接到要我回家的通知（二月十四日由監獄長簽發）。結果，我被多拖了二十幾天才能回家。其實，我心裡也無所謂，心想：「要拖你就拖吧！反正，我已經習慣這裡的生活了。」

歸鄉

離開火燒島那天，我並沒有直接回去三灣家裡。船到了台東以後，我在那裡住了一晚。第二天，搭車到高雄，我去拜訪了先出來的難友，又住了一晚。第三天，我從高雄到嘉義，同樣在一位先出來的難友家住了一晚。第四天，我才輾轉回到大河底的家裡。

那時候，家裡的生活很苦；一個月只點得起一個酒瓶的水油而已。我們家那棟木造的房子，也已經被白蟻蛀得搖搖欲倒，這裡那裡用木頭撐著。偶爾有路人經過，都會忍不住感慨地說：「唉喲！這棟房子怎麼還有人在住？就不怕它垮下來被壓嗎？」怕！當然怕啊！問題是，除了住那裡以外，我們一家人又能去哪裡找到棲身的地方呢？

儘管生活的條件如此困難，我還是在回來六個月後的一九六二年十月卅一日，經叔伯阿哥黃逢財的妻子介紹，與頭屋鄉邱乾水先生的長女邱良美結婚。我當時也沒想到，我們家這麼窮，而且我又是從火燒島剛回來的政治犯，她竟然還敢嫁給我！她後來告訴我，當時，她只知道黃家有耕田，心想，再怎麼窮，總比做工的娘家好；至少，有得吃吧！而且她既不知道白色恐怖這回事，也不知道我是被關回來的人，所以也無從怕起。好幾年後，她才慢慢知道我的歷史；那時候，要怕也來不及了……。

哥哥的下落

我轉來以後曾經問過妹妹，我哥被槍決的當時，鄉公所是不是有通知我們說，什麼時候要槍斃了，要去收屍什麼的？

我老妹講：「哪有這樣的事情？」她講，就只有學校的教導主任訓話時提到，黃逢開在幾月幾日槍斃！如此而已。一直到我哥被槍決以後，我們一個在外頭做事的叔伯阿哥看到新聞才來告訴她們，她們才知道。至於詳細的情況，她們就不清楚了。當時，就是政府有通知，她們既沒錢，也找不到路去收屍啊！

她們完全不知哥哥屍骨的下落。當時，我不在家，家裡也沒有那個能力去收屍！更何況，也沒有通知啊！

其實，我在火燒島的時候聽過許多大學生出身的難友說，那些被槍斃的人，有很多都會被送到國防醫學院做實驗……。所以，我一直以爲，我哥的屍體大概也已經給醫學院拿去剖腹給學生看了。我哪裡想到會還有屍體？還有什麼，我也不知啊！所以，我也一直沒去找。

一直到一九九三年五月廿八日晚上，曾梅蘭先生打電話來通知我說，我哥的墳塚被找到了，它在台北六張犁亂葬崗……。那時候，我心裡想，嗯！按好在（眞幸運），又被我們找到了。於是我就去看日子，然後在農曆十一月十六日那天，去給他牽起來；牽了就「寄岩」在三瓣塚埔上。原先，我只是在我父母親風水的旁邊，放了一個空的金斗甕，裡頭擺了一個寫著「黃逢開」的銀牌而已。現在，他的骨骸終於能夠入土歸宗，我當然很高興。

我想，四十二年都過去了，要不是曾梅蘭先生，我們怎麼也找不到他。因爲這樣，我非常感謝曾梅蘭先生。

【附錄】

白色恐怖的掘墓人

曾梅蘭，苗栗銅鑼人，一九五二年與二哥徐慶蘭先後被捕，處刑十年；徐慶蘭於一九五二年八月八日槍決，屍骨無蹤；曾梅蘭出獄後輾轉尋找數十年，一九九三年五月二十七日，終於在台北六張犁公墓的亂草堆下，找到了二哥的墓塚；同時挖掘到總數二百零一個五〇年代白色恐怖受難者的墓石。

客家佃丁

一九三〇年五月十九日，我在苗栗銅鑼三座屋（今竹森村）的屋家出生。

有很多人搞不清楚，甚至懷疑，為什麼我姓曾，而我哥徐慶蘭卻姓徐呢？其實，那是因爲我爸徐阿享當初跟我媽曾草妹結婚時是被招贅的。

我爸原來住在銅鑼七十分，三歲時，他爸就過世了，他媽改嫁後就失去聯絡；他就跟著叔叔和祖母過日子。後來就一直在叔叔家幫忙種田。

我媽曾草妹是我阿公的獨生女。我阿公叫曾阿統，祖籍是廣東梅縣合浦，從大陸移民過來台灣的時候，最早是在通霄楓樹窩落腳，後來才漸漸移到三座屋。我阿公是佃農，自己耕三甲多的田，四十幾歲的時候，眼睛痛壞掉而瞎了；他就給我媽招親，條件除了入贅之外，還要能耕田、做工，而且多少識一些漢字。

我爸就這樣入贅到曾家。

當時，我阿公和我爸事先有約定，男的頭胎要從女方姓。我爸和我媽一共生了四個兒子，我排行老四，和大哥春蘭姓曾；而二哥慶蘭和三哥貴蘭則跟父親姓徐。

除了四兄弟，我還有兩個阿姐；他們很早就嫁人了。所以，我家基本上是六口人在生活。

我讀的書不多，銅鑼富士國民學校（原稱公學校，到我五、六年級時改稱國民學校）畢業後，一方面是自己認爲考不上高等科，一方面家裡的經濟能力也供不起我念；所以就沒再繼續升學。白天，幫忙家裡做田事，晚上就到銅鑼街上，跟一個叫做羅吉仁的先生讀漢文。

羅先生一共收了二、三十個學生。在當時，漢文是被日本政府禁止的；所以，羅先生只能偷偷地教，我們也是偷偷地學。每次，只要他一發現有日本警察遠遠地走過來時，立刻緊張地叫我們安靜，不要出聲；否則，要是被發現的話，他就會被叫到派出所問話，而且被打；有時甚至被關起來。

我跟羅吉仁先生讀「人書」，前後大概有兩年吧！就在我十五歲、十六歲（虛歲）那兩年。

到我十七歲那年，台灣就光復了。

二哥徐慶蘭

我二哥徐慶蘭是一九二四年出生的，比我足足大了六歲。我還記得，我上公學校一年級的時候，他還沒畢業；因爲家裡窮，我媽每天就裝了一個大大的便當，讓我們兩兄弟帶到學校去吃。到了學校，中午休息時，他總是先吃，然後就留比較多的菜給我吃。

講到我這個阿哥，我實在是很尊敬、欽佩他。他也非常疼我，從來不曾用巴掌打我一下耳光；他一直鼓勵我要用功讀書，而他也會教我做功課。他從來不會對自己的兄弟刻薄。所以，講起我這個阿哥，我的眼淚就會流出來。

我爸從日本時代一直到光復後，都靠著種田，農閒時就做泥水工，來養活我們。他繼承我阿公的份，總共耕有三甲多的田。地主鍾阿有，是崁下鍾屋人。

後來，國民政府準備要施行「三七五減租」的土改計劃。我們這些種田的鄉下人卻呆呆的，根本不知道有什麼「三七五減租」這種東西！相反地，我們家的地主卻已經知道這個情報了。

結果，當我們頭一冬的稻子割完，繳了租穀以後，他就跟我爸說，那三甲多的田，他要拿回去，自己耕。果然，第二年，也就是三十八年（一九四九）的四月，陳誠就開始施行「三七五減租」的政策。

我那個二哥徐慶蘭，個性非常硬；當地主要把田地收回去的時候，我記得，他跟我爸說過這樣的話：「怕什麼？那麼多人沒田可耕都不會餓死，我們怎麼會餓死？」

我爸聽他這樣說，就把三甲多的田還給地主。

當時，石炭非常缺乏，一般瓦窯燒瓦都用菅草做燃料；因爲沒田可耕了，又找不到什麼工作，我和大哥和三哥，三個兄弟就去山上打瓦草，賣給瓦窯。而我那個第二的徐慶蘭，自己就另外去給人打油車；當時的油車是舊式的，完全要用人力去榨油，不像現在都用電；當時打的主要是花生油。

油行主持人羅乾，是慶蘭同學羅坤春[1]的阿叔。我想，他會去那裡，可能和羅坤春有連帶的關係。雖然油行離我家很近，他卻很少回來；我也不容易有機會看到他。

跪別父母

後來，大概是一九五〇年吧！幾月，我已經記不得了。銅鑼派出所叫一個給事（小弟）來家裡，要我二哥徐慶蘭到派出所走一趟。那個給事來喊了兩次，我哥都不在家。

我爸看那情形，似乎不去走一趟不行的樣子，於是就親身去油車行，叫二哥回家。回到家，他就跟我哥說：「派出所派人來找你，已經來過兩次了；不知什麼事情？」

然而，當派出所第三次來叫我哥時，就不再是那個給事來傳話了，而是兩、三個刑警親自到家裡來。當時，我想我哥本身已經知道是怎麼一回事了；可是我爸我媽並不知道。

他究竟有參加還是沒有參加什麼「地下組織」？或者是牽連到其他什麼事情；他根本就沒讓我們兄弟知道！而我父母當然更不清楚！

所以，我爸我媽就跟他說：

「既然派出所喊你去，一下子就轉，你就去吧！」

我哥徐慶蘭因爲我爸我媽這樣吩咐，只好去了；可他一走出大門，在門前的大禾埕上，突然就雙膝落地，跪了下來；跪我爸、我媽三次；每次跪下去就拜三下。我當時就站在旁邊親眼看到這個場面。

我哥向我爸我媽跪拜以後，就跟他們說：「阿爸、阿媽！我現在一去就轉不得了呀！以後可能再沒有見面的機會了！」

我哥他就只講了這幾句話而已，然後就跟著警察走；我則偷偷地跟在他們後頭，想要知道他們要把我哥帶到哪裡，走了約有四、五十米那麼遠的時候，我就看到他們用手銬把我哥的手銬了起來。我想，剛出門的時候，他們恐怕我爸我媽會有什麼不可預料的反應，所以不敢給他銬；一直要到離我家有四、五十米那麼遠的時候，他們馬上就把我哥銬起來！這是我親眼看到的事實。我一直跟到大路上，然後看著他們的身影漸漸地走遠。

後來，他們就到了派出所。到了派出所是否有什麼刑求、拷打的情形，這我就不知道了！因爲家屬也沒人可去會面。

我記得，他們離開我家的時候，大概是下午三、四點鐘左右，到了臨暗頭（傍晚），差不多五、六點鐘的時候，銅鑼分駐所的兩個刑事和一個不知什麼級位的警官卻急急忙忙地跑來我家，問我爸：

「你兒子有回來嗎？」

「我兒子？」我爸覺得奇怪就回他們說：「我兒子我已經讓你們派出所的兩、三個刑警帶去了，你們怎麼顛倒來問我呢？你們到底把他帶到哪裡去了？」

我爸這樣應下去後，他們就沒話好說了。我爸看他們說不出話來就追問：

「你們究竟把我兒子帶到哪裡去了？」

他們不得已只好告訴我爸：「我們要把他帶到苗栗去時，他跳火車跑了。」

那時候，火車燒的是石炭，走沒那麼快；從銅鑼到苗栗，離銅鑼車站大概四、五百米遠的地方，剛好又是爬坡路段；速度又更慢了。據他們說，我哥就趁他們不注意的時候，帶著手銬，從車門跳下去，然後逃走了。

第二天，我就親自到我哥跳火車的地方看看；我注意到那附近剛好有一條小土溝。我想，也許他跳車以後就是順著那條山溝逃走的吧！至於他是否有受傷或是沒受傷？這我就不知道了。

從此以後，家裡就一直沒有我哥的消息。跟他走得近的羅坤春也早就跑路了，連他家裡的人也不知道他跑到什麼地方去了？所以，究竟我這個阿哥徐慶蘭跑到哪裡去了？實在也沒有人知道；要問也不知要去哪問？

一直要到一九五二年，過完農曆年後，我哥從台北青島東路軍法處寫信回家；我們才知道他被捕了[2]，人在軍法處。收到信後，我還帶了些水果啦、雞肉等吃的東西，上台北，要去看他；但是上來兩次都沒有被准許會面。

我後來才知道，大概是「兩條一項」[3]的人都不能被接見。

我也被抓了

我再見到我哥徐慶蘭，是我被抓以後，關在軍法處的時候。從時間上推算，我大概是在我哥被抓去半年後被抓的。

不過，我之所以會被抓去，卻跟我哥沒有什麼牽連。至於我爲什麼會被抓去？這還得從我家耕的田被地主收回之後講起。

因爲沒田可耕了，我爸和我們幾個兄弟只有靠做工來維生。我爸就去做泥水工；我們除了上山打瓦草，後來我大哥又去駛牛車，給人拖甘蔗啦、磚頭啦！有的沒的……。因爲我那幾個兄弟都不跟我爸學做泥水的手藝，我就跟我爸說：

「既然沒人要學，我來學。」

就這樣，後來我就跟著我爸出去做小工，漸漸地學了一點砌磚啦、蓋瓦啦，乃至於做風水等有的沒的手藝。不過，當時實在也沒多少工可以做；到後來，我只能完全以電魚維生。電回來的魚，我媽就拿到市場上賣。

到我二十三歲那年，也就是一九五二年的五、六月左右。

有一個晚上，一個跟我一起抓魚，叫做謝集源的人拜託我說：「梅蘭，你天光日（明天）

幫我送我一封信給文林醫院的江（德乾）先生④好嗎？」

謝集源是銅鑼芎蕉灣人，家在河背（河對岸）；出入沒辦法騎自行車；而我家緊臨馬路，騎車方便。我們電魚，都是在晚上；有時候電到天亮。電完魚，我們會先到銅鑼街上，把電池拿去充電，然後再回家睡覺；到晚上五、六點，去拿充好電的電池，又再去溪裡電魚。

那天晚上，我們電到天快亮的時候才收工。我回到家，稍稍梳洗，也來不及換一身乾淨的衣服，就騎自行車到銅鑼街，先把電池送去充電，然後就去江先生的診所，替謝集源送信。當時我沒病，只好假病進去。

「你要看什麼病？」我一坐下，江先生就問我。

「不是啦！江先生。」

我馬上把謝集源託的信，交給他。

他拆了信，看了內容以後就盯著我一直看；我們互相不認識，也不曾見過面。他看了看，然後把信還給我，告訴我：「我這裡沒有這種藥，你到別家看看。」

當時銅鑼街上還有另一家劉姓醫生開的診所。

走出醫院以後，我心裡想，原來謝集源這傢伙只是要我幫他拿藥而已！至於要拿什麼藥，我因爲不曾看過信的內容，所以也就不知道了。對我們受過日本教育的人來說，開別人的信，罪是很大的！因此，我一直也沒想過要給它拆開來看，究竟信裡頭寫些什麼？

離開文林醫院後，我就直接轉回家。回到家因爲衣服已濕漉漉了，就把它換下來，準備睡覺。我那第三的嫂嫂，看我把衣服換下來，順手就把它往腳盆裡頭扔，和一堆待洗的衣服一起浸水，準備要洗，可是她不知我的衣袋裡頭還有一包香蕉菸和一封信；等我想到，把浸在水裡的衣服拿起來的時候，口袋裡的菸和信都已經搞濕了。

菸抽不得，也就算了；可信是人家託的，雖然藥沒拿到，這信還是要還給人家的。我這樣想。因此，儘管我已經很累了，我還是把那封浸濕的信拿去烤；可是三烤四烤，我卻因爲打瞌睡，一不小心就把那封信燒了！

信燒掉了，我心裡想，這該怎麼辦呀！要拿什麼還人家呢？我想來想去，實在也無可奈何；心裡就想，只好晚上見面時照實告訴他。然後我一躺下來就睡著了。一直睡到近中午的十一點左右，兩個銅鑼派出所的警員來叫我，我才醒來。他們要我到派出所走一趟。我心裡想，「壞了，這一定是那封信的問題！」

嚴刑逼供

果然，一到派出所，他們就問說：「有人來報，說你身上有一封有問題的信；你那封信拿去哪裡了？」

我立刻知道，這一定是江先生去報的案，因爲我去找他是一大早，他診所的門才剛打開，既沒有人看到我進去，也沒有人看到我出來；所以不會有人知道我去找過江先生才對！我想。而且，除了謝集源，更不可能有人知道有那封信。

我於是老實說：「信仔燒掉了。」

「怎麼會燒掉？」問話的刑警顯然並不相信我的說詞。

我就把事情的經過如實地報告，向他們解釋；可他們還是不相信，於是就給我用刑：灌水啦、踩腳囊肚（小腿肚）啦……等，有的沒的。踩腳囊肚就是叫我跪著，手吊起來，然後把一根棍子放在我雙腿的小腿肚上，兩邊再各坐一個人；這樣，我立刻就痛得屎出尿射！

就這樣，他們一直刑問到晚上十一點左右，才把我送到苗栗警察局。到了那裡，他們還是一直要我把信交出來；我仍然堅持說：「信都燒掉了，你要我怎麼交呢？」

後來，謝集源大概是聽到我被抓的風聲，因爲害怕而走路，走了一、二十天才出來自首；出來自首的時節，他並不知道我沒有說信是他交給我的。我不論他們怎麼刑，一直都說那封信不知道是誰交給我的？我怕說出謝集源的名字會害了他，因此，一直沒有說出他的名字。這大概也是我會被刑得那麼厲害的原因吧！

謝集源出來自首的那天早上，我又被叫出去問話。一進訊問室，我就看到謝集源已坐在那裡；他當場一口咬定說：「那封信明明是我交給你的呀！」

「哎喲！壞了啦！」當下，我就心裡暗中叫苦。這樣下去，我想，我恐怕很難脫身了。以後，我就被這個問題咬得緊緊的。

因為這樣，後來，他們又問我：

「那你有沒有參加？有沒有像你哥那樣參加共產黨？」

我說：「我哥是我哥，我是我，我根本什麼都不懂！我哥與我根本是兩回事嘛！」

我話才講完，他們立刻又撲上來，又是刑又是打；後來又展開一場疲勞審問，三天三夜，不讓我睡覺；看到我要昏睡了，就用腳踢我，或是打我耳光；而他們則一個接一個地換人刑問。

他們的目的是要我按照他們的說詞寫口供，要我承認有參加組織；可是我實在寫不出來，因為根本就沒這回事嘛！

我無可奈何地向他們說：

「我根本就沒有參加什麼組織嘛！如果有的話，應該也會有什麼組織名冊啊！最起碼，我也會在上頭打手印或簽個名吧！你們去找，如果真的找到有這樣的東西，我馬上就讓你們槍斃。」

我這樣說，他們又開始打了；邊打還邊罵：「恁硬殼！沒想到你的共產思想這麼厲害了。」

硬的不行，他們就來軟的；後來就拿了一個便當要給我吃。我心裡想，這一定不會是什麼好東西？可肚子實在太餓了，我就老實不客氣地把它吃下去。

「現在，」他們看我吃完了便當就厲聲說：「你既然把這便當吃完了，你就要吐出來！」

我說：「有什麼好吐出來？有就有，沒有就沒有。」

話還沒說完，我的背後就落下一頓黃藤條的毒打！

「沒有嘛！根本就沒有這樣的事情呀！」我仍然忍痛強調，「要不，你們去調查；你們可以到銅鑼，任何一個人來問，看我有沒有打印或簽字參加什麼共產黨？如果有，我當場給你槍斃！」

他們無可奈何，就上來兩個警察，抓了我的手，在印盤上沾了印泥，強蓋在他們替我寫好的口供上。然後就把我移送台北刑警總隊；一段時間後又再移送保密局；情形就是這樣。

所以，最後到了軍法處，我想要反口供，卻怎麼也反不過來了。

判決

我記得當時軍法處的一位外省籍法官是這樣問我的：「你既然承認有參加組織，那你究竟是誰介紹你參加的呢？你又跟誰開會呢？這些你都沒有交代；如果你只是自己一個人，又怎麼會有組織呢？」

我就回答他說：「這根本是冤枉的事呀！」

他說：「那你的口供怎麼說呢？」

「那是他們用刑用打。」我說，「然後強拉著我的手蓋的手印！根本就沒這回事！」

他聽我這樣說，就笑著告訴我說：「當初你不論給他打得再怎麼厲害，你要是都不承認的話，也總比讓我判死刑，被拉去槍決要來得好受些吧！」

他說的是國語，我當時聽不懂；通過翻譯才勉強理解他的話語。到判決時，翻譯官若無其事地對我說：「好了，男子漢敢做敢當！法官只判你有期徒刑十年，褫奪公權十年！」既沒有起訴書，也沒有判決書，只是口頭判就成罪了。

當時，我連什麼叫「褫奪公權」，根本就一點概念也沒有。

回到押房，同房的難友們關心地問我：「怎樣？」

「判我十年！」我說。

「恭禧啦！」他們拍拍我的肩頭說，「不會死就好了！」

再見二哥

在軍法處，我被關在第十房，隔壁是十二房，再隔壁就是十四房。我還沒被抓前，送菜給我那二哥時記得，他是關在第十四房。所以，我一進軍法處的押房，人家問說：「你自己一個人嗎？」

我就說：「我哥在十四房。」

同房的難友於是馬上幫我「打電話」，通知我哥。第二天早上，我哥出來洗嘴洗面時，我就看到他了。我看到他手銬腳鐐的樣子，立刻感到心寒膽顫！

在軍法處，盥洗是一個房間一個房間分批放出來的；洗臉、刷牙，都在大操場，我的押房剛好可以看得到外頭的情景。

我哥看到我在看他時，就用手指向我比了二和一，然後食指彎一彎。那個時候，我不懂他比的手勢是什麼意思！同房的難友就告訴我說：「那是二條一項，死刑啦！」

「二條一項，就是死刑。」我喃喃自語：「喔，是這樣啊！」

當時的心境眞不知如何形容啊！

後來幾天，我天天早上都看得到我哥出去盥洗；只是沒法跟他講話。我算來也蠻勇敢！

有一天，早上出去盥洗時，我就趁著守衛沒看到，偷偷跑到第十四房，跟我哥見面。「啊！老弟！」我哥見到是我，就用一種堅強的語氣說：「你大概也會跟我一起去啦！不過，不用怕啦。」

然後他又問說：「爺哀（父母）怎般？」

我說：「爺哀很好，沒什麼打緊；你自己身體顧好來！」

講沒幾句話，守衛就發現了，重重地打了我一耳光，然後把我拉回第十房。

背影

我最後一次看見我二哥，是在一九五二年的五月……十月；不，是八月初八日吧！因爲後來找到他的屍塚時，墓碑上是這樣刻記的。

我記得，那天早上剛好四點的時候，（押房大門的牆上有一只大時鐘，我可以看得很清楚。）隔壁十二房的人就「打電話」過來，告訴我，我哥已經被叫出去了。

我的押房剛好看得到他們要走出去的門，儘管門縫是斜角斜角地；我還勉強可以看得到我哥，但不是正面看到，只看到他的背影而已。我就給他算，一共是四個人，其中有一個我知道，是與他們同案的三灣鄉的黃逢開；另外兩個我就不認識了。當時，我看到他們是四個一起出去的。那時候，我就忍不住非常切心地哭了起來；哭自己的阿哥被叫出去，要槍決了，自己卻什麼辦法也沒有啊！

同房的人就安慰我說：「不要哭了，他們這一去就沒能再回來了；你自己身體要保重！」

果然，他們四人這一去就沒轉來；沒轉來就表示是被槍決掉了；而我人被關在監獄裡頭，什麼消息也沒有；也不知道家裡人有沒有去領屍？

二哥的流亡生活

我哥被槍決的兩、三個月，我也被判了十年有期徒刑；後來就移送新店安坑軍人監獄。

在軍人監獄，我曾經和兩個因為收留我哥做事而被抓的苗栗同鄉同過房。聽他們說，我才對我哥跳火車以後的流亡生活，有一點瞭解。

其中一個姓賴，我記得好像是一個叫做賴福相的人；他是苗栗公館鄉一個地方名叫做石圍牆的農民。他告訴我，我哥有一段時期在他家幫忙割稻；有天晚上，不知是有人去密報還是怎樣？他們家突然被一批警察、特務包圍。不過，我哥還是機警地跑掉了；而賴福相自己卻因此被抓，並且判了十二年。

當時，我心裡就很感嘆，儘管我哥離家並不遠，可他卻從來不敢回家看看，從石圍牆到我家，走路，只要差不多一個鐘頭就到了。後來，我想，他可能就愈跑愈往深山裡頭去了。

另一個人叫張錦秀，也被判了十二年。他家住在獅潭鄉仙水坑汶水溪河壩對面，一個叫做七股林的地方。他告訴我，有一段時期，我哥和黃逢開及羅坤春，在他那裡幫忙割香茅；聽說吃、睡都在山洞裡頭。有一天晚上，張錦秀說，我哥和黃逢開兩人因爲太累了，十分好睡；因此特務來抓的時候，沒能警覺到；黃逢開當時還想跑，跑了一段，因爲腳被槍打中就跑不動了；兩個人，還有張錦秀，就一起被抓了起來。

這是我哥過世後，我才聽到的有關他跑路的一些消息。

父母的叮嚀

一九六二年五月，我終於坐滿十年的刑期，恢復自由，從新店安坑的軍監出來，然後走到台北車站，自己坐火車，回到銅鑼家裡。

「阿慶蘭哥的屍首，有去領轉來嗎？」那天晚上，我在吃我媽煮給我吃的豬腳麵線時就這樣問我爸和我媽。

我爸和我媽就告訴我說：「沒有啊！那時怎會有錢去領呢？」

對我爸和我媽兩個老人家來說，當時，一個兒子被打掉、一個兒子又還在坐牢；眞可以說是悲痛到不能再悲痛的地步了！說實在的，如果是心臟較弱的人，當時一定會倒下去的！可兩個老人家還是挺過去了。

他們又告訴我說，當時，既沒有判決書也沒有其他什麼書；只有派出所的警察來通報，要家屬帶一千元，在一個鐘頭內到台北領屍……。就只是這樣而已。

那時候，一般人一天的工資差不多是十一元；一甲地約是八千元。一千元，就可以買下兩分地。所以，一千元在當時也不是一筆小數目啊！我爸一方面也不曾去過台北，另一方面在經濟上也實在無那個能力，所以當時就沒去領我哥的屍首。

因爲這樣，我爸、我媽就叮嚀我說：

「無論怎般，你做老弟的，有機會就要去試探看看呀！盡量想辦法把它領回來……。」

尋遍台北附近的墓地

回家後不久，我聽到苗栗石油公司要招募接油管的工人，我就去報名；而且也被我考上了。可上工不久，人家不知怎麼知道我有「叛亂」的前科，就叫我走路了。

因爲鄉下沒事可做，冬下，差不多十一月、十二月，我跟一位朋友借了一百元，就自己一個人上台北找事做。然而，到了台北，我既沒有朋友、也沒有親戚，監獄裡頭的難友又大部分都還沒出來；一時之間，還眞不知要向誰去打聽哪裡有事可做！就這樣，自己一個人，像流浪漢一般，哪裡有零工可打就去；隨便什麼都可以做。

漸漸地，我交有朋友了，才固定下來做泥水工；以前，我跟我爸學過一些泥水匠的手藝，不管是挑磚頭、拌水泥，還是砌磚牆的手藝，我都還行。

工作較固定了，我有時間就會回去銅鑼看看我爸我媽；每次轉去，他們都三叮嚀四囑咐；叫我一定要去找我二哥的墓塚。

「阿梅蘭，」他們說，「你上台北後，有閒就加減試尋看看，看你哥還有沒有什麼骨頭留存下來？看看有碑石還是什麼別的東西沒？」

因爲這樣，我爸我媽交代的話，我也沒敷衍；只要不上工，我就騎著自行車，到台北的每個塚埔尋找；找看看有沒有我哥的屍塚還是什麼？

我頭一個去的地方，就是我哥和許多人被執行槍決的馬場町刑場；然後是空軍公墓和新店軍人監獄前面的公墓……；每個塚埔我都找過了。

我不是說好幾年才去一次，不是這樣啦！而是一有閒，我就去；到四處墓地踅一踅，這攞那攞；心裡直想，是不是能找到一塊碑石什麼的？那樣，就有希望了。

就這樣，我一尋就尋了二、三十年；一直到我媽和我爸在一九七四年及一九七六年先後過世時，還是沒什麼消息。而兩位老人家臨終前特別叮嚀的，還是這件事。

這期間，我也曾去過三張犁的靶場找過；因爲我聽人說，那個地方是「打槍」的所在；而他們福佬話講人帶出去槍斃，叫做拖出去「打槍」；因爲這樣，我就去，去到才知，我錯把靶場當作刑場哩！實在好笑。

會不會被解剖了？

另外，我聽到人家說，當年，有很多被槍決的無主政治犯的屍身，都是被送到國防醫學院當解剖、研究的材料。我聽到這樣的消息，就親身到國防醫學院瞭解狀況。那時候，還沒解嚴，國防醫學院也不是隨便人就可以進去的；所以我走到大門口就被守衛的憲兵攔住了。

「你要幹什麼！」他說：

我說：「我要見院長。」

他就問我的身分，有沒有事先約定，以及見院長有什麼事？

我又說：「我要見院長，問他我哥的事情。」

他說：「不行！」

我急了就說：「你要是不讓我進去，我就站三天、四天，一直都在這裡站！」

我看他有點爲難，又說：「我只要見院長一面，問他我哥的事情而已！我身上沒帶槍，你要不放心，可以來搜，我不是要去刺殺院長的。我只是要去問他一句話而已！」

那名憲兵就說：「問什麼呢？」

我說：「問我哥的事情，我想瞭解他是不是有被送來這裡給學生解剖……。不管怎樣，我沒見到院長是不會走的！」

那名憲兵搞清楚我的來意，才勉爲其難地說：「這樣的話，我帶你去。」他就帶我去見院長。

那時候，我也不知道院長叫什麼名字？只記得是老老的，很老了。我就問他說：「院長，這裡有沒有四十一年、四十二年左右被槍決的屍首，送來這裡解剖？」

我是用國語講的；那時候，坐過十年牢的我已經會講國語了，雖然不成國語，不怎麼標準，人家聽還是聽得懂的。

那老院長聽了我的來意，猶疑了一下才慢吞吞地說：「沒有這樣的記錄存在哩！」

我說：「不用怕啦！你就照實說嘛！如果是解剖了就解剖了嘛！我只要知道確實是在這裡解剖了；這樣，我也可以向我爺娘有個交代，讓我爺娘在地下也可以安心就好了。」

當時，我心裡的想法是，如果解剖了就已經解剖了，那些骨頭也一定不知哪裡去了？只要讓地下的老人家可以安心就好了。可他還是聲聲句句說：「沒有呀！沒有這樣的記錄存在！」

他又說：「通常，要有家屬簽的自願同意書，我們才會把它領下來；像你哥的情形，沒有這樣的記錄存在！」

我說：「你的登記簿拿給我看吧！四十一年、四十二年的簿仔，拿給我看。」

他說：「沒有啦！要有，我一定拿給你看的。」

他堅決不肯拿名簿給我看，還是強調「沒有這樣的記錄存在！」我無可奈何，摸摸鼻子，就走了。當時，我想，這樣找下去，終究是海底撈針呀！究竟要到哪裡找呢？

託夢

就在這段尋找期間，我經常會在夢裡見到我哥，他告訴我說，他死了以後被埋在人家牆頭腳的竹頭下……。我醒來以後就感到納悶：「我哥怎會託夢說他在人家牆頭腳的竹頭下呢？」

這樣，這就成了我自己心肝裡頭的一個結了。所以，我一下閒的時候，泥水一下沒做的時候，我就到這裡那裡的竹頭下找；我想知道究竟竹頭下會有什麼東西存在呢？其實，我知道，那是非常渺茫的事情！是不是有石碑？抑或是有什麼東西？所以，我心肝經常有一個結在那裡。

我並不是常常會作這樣的夢，而是久久又會夢到我哥被埋在一叢竹頭下；所以，我心肝一直不是很安定，有一個「結」在那裡。

可是後來找到我哥墓塚時確實就在人家牆頭腳下的竹頭下的旁邊！我如果把這個事說給人家聽，一般人是不會相信的，而說是「迷信」，可確實他有這樣託夢我；你如果說是「迷信」，又要怎麼解釋呢？

田螺炒拐鬚

我搬到六張犁的塚埔下住有十二年了；以前呢，到處一直搬啊！信義路啦！哪裡都搬過了；因爲還沒結婚嘛！也沒有自己的房子嘛！那就住不好就搬嘛！就這樣一直緊搬！搬！搬！搬到最後，因爲我在四十歲那年討「婆娘」（老婆），第二年又生了一個「賴仔」（兒子）；我才想辦法在這六張犁買了一間小小的二樓公寓，定居下來。

兩年前（一九九一年），有一天，我因爲沒事，在山上散步時恰好看到有一個認識的徐姓撿骨師在撿骨；本來我以前要學撿骨的，可我爸反對說，不管怎樣，絕對不要去學撿骨，他說，那是垃圾手藝，垃圾頭路！他堅決叫我不要學，所以我就沒學成。那天，我發現那個姓徐的撿骨師，跟我一樣，也是客家人。

我就跟他打招呼說：「老阿伯，頭擺（以前）我唔知（不知道）你也是客家人？」

最早，我碰到他都跟他說國語；講一講，我發覺他的國語，跟我一樣，講得不是很流利；我就改口說「福佬」；「福佬」講一講後，以他的口音，當時我就懷疑他是客家人？

那天，他偶然間跟別人說出客家話，我才敢確定。

「你是客家人嗎！」我驚訝地問說。

他說：「是啊！」

然後我就開始用客家話跟他牽。兩人之間的距離很快就拉近了。

「你給人家撿骨。」我問他：「撿一副骨頭連入骨罈子要多少錢？」

他說：「七千元。」

後來我就把談話導入正題，向他說：「徐先生，拜託你好嗎？你如果有看到碑石是姓徐的，徐慶蘭，麻煩你一定要來告訴我好嗎！」

他說：「好啊！」然後又問我：「有什麼事情是嗎？」

我又說：「那是我哥啦！民國四十一年被槍決掉了。」

他說：「好啊！以後我再來較認眞地找找看。」

這已是兩年前，我交代他的事。兩年後，我哥的名字他已不記得了，他只記得頭一個字跟他一樣，都姓徐。

後來，五月廿七日（一九九三年）早上，他到市場買了一斤田螺，田螺呢，以我們客家人的口味來說，炒九層塔的話不好吃，要炒「拐鬚」（他們福佬人叫「紫蘇」）才好吃；可他自己沒種，於是就到山上找野生的「拐鬚」。

那麼湊巧，我哥墓塚旁邊恰有人家撒子而野生的一叢拐鬚；他就到那裡去採。可三採四採，他突然發現附近有一塊墓碑上頭刻的字是姓徐，至於名字呢？他眼睛花花（沒戴眼鏡）又被野草纏掉了，看不清楚；他也不記得我哥的名字叫「慶蘭」了；他只記得，這阿梅蘭交代我說，他哥姓徐！他就緊記得，姓是跟他同一個字的「徐」。

「阿梅蘭！」他回家後還來不及把田螺下鍋去炒就先來告訴我：「我看到有一個墓碑是姓徐的，不過，它下面的字，我看不清楚，一方面是草仔攏著了，一方面還沒去擦它；要不，天光日（明天），你跟我來去看看吧！」

發現

第二天，也就是五月廿八那天，我就跟他去。同時一人帶一支鐮刀去。跟他去到現場，我看到那塊攏在雜草叢中的墓碑果眞姓徐，立刻就隨手割掉墓塚周圍的野草；因爲現場沒水，我就拿草擦了擦字跡模糊的墓碑，哇！我當下看到果然就是我哥的名字，「徐慶蘭」三個字，正正刻在石頭上；哇！那時我立刻就聯想到我哥跟我託夢時說他在什麼人家牆頭腳下的竹頭下；的確，它眞的就在人家牆頭腳下一叢竹頭的旁邊；不會差呀！

就這樣發現以後啊，我本人的心肝是非常的痛切，非常的痛切！我想，找了那麼多年了，終於給我發現了啊！我爺娘交代幾十年了，現在才給我發現！

那當時，我一心一意就想要買些冥紙呀！買些香呀！來拜。我原先的意思呢，我並不是有心要找出那麼多人的墓塚；我也不知道竟然有那麼多被槍決的人就埋在附近！那是因爲我要燒冥紙時，怕自己一不小心會引起火燒山，危險啊，所以我就把周邊的草都挷掉，我一直挷挷挷……想說挷較寬一點再來燒；不然，要是火燒山的話，我又要再被抓去坐牢；就這樣，三挷四挷，喲！挷了三尺闊的地方時，又有一個同樣大小的碑石出現！

唉喲！跟我哥同樣同樣的碑石啦，我把它擦乾淨發現，是一個我不認識的，叫殷啓輝⑤的人名。喔——那時我就懷疑說，吔！既然有我哥的碑石，那一定也會有黃逢開的碑石，一定發現得到！因爲他們是同日出去的嘛，同日喊出去的嘛！所以我就繼續挷呀。挷啦挷哩，喔啊！隔壁三呎多一點又是一個碑石，而且是「黃逢開」的名字；這樣黃逢開的墓塚也給我挷出來了。

那時，我就耐心的挷了，然後就這麼遠一個墓碑、這麼遠一個墓碑；那我就不放心了哪！我就跟那徐先生一直挷，一挷下去就整排馬上挷到！算一算，一共有三十七個碑石。

三十七個碑石，這下我卻不知如何是好？我心裡頭在想，一個七千哦！徐先生跟我講過，撿骨連罈仔一個人要七千；如果是三十個人，就要三七，二十一萬哦！我也沒有這樣的經濟能力來把它們撿起來；啊！實在是沒這個錢呀！這——我就想說沒辦法處理了。唯一的辦法就是把我哥的骨頭撿起來，而那些人當中我又只知道一個黃逢開，而他的家人又不知道還在不在？我也不知道要如何通知他們啊！至於其他人，我則完全不知要從何問起？不過，我相信這並不是打聽不出來的！

因爲我自己沒這個能力來處理這件事，後來我就打電話給曾經在監獄裡和我同房的林麗鋒；他當時是台灣地區政治受難人互助會台北分會會長。就這樣開始，聯絡林麗鋒以後呢？林麗鋒又聯絡了總會會長盧兆麟；我們又從廿九日起繼續在六張犁墓地挷草，想說還能不能找到其他墓塚？

會不會是別人的骨頭？

後來，我就打電話轉去銅鑼給我大哥。

「啊大哥呀！」我興奮的告訴他說：「阿二哥，徐慶蘭的風水被我找到了！」

我大哥聽了以後並沒有馬上相信，他懷疑地說：「是還不是？這麼多年了，怎麼還找得到？你不要把別人的骨頭拿轉來服侍喔！」

我向他強調說：「碑石上頭明明打著他的名字呀！」

他就說：「當時埋的時候，你怎麼知道他會不會隨便埋一埋，然後，碑石拿來就隨便亂立？屍體丟下去，碑石就拿來插下去；會不會這樣呢？」

喲！我想我大哥說的也不是沒有道理；事情會不會果然像我大哥說的那樣？如果當年的處理情況眞是這樣，我如果冒失地把別人骨頭拿來服侍，那就慘了！於是我就決定要找到當年埋屍的人，向他求證。

經過一番追詢，我終於在盧兆麟與林麗鋒的陪同下，找到當年經手埋葬事宜的貓仔（土公仔）；那人姓盧，是個外省人，年紀很老了，講話的時候，手、腳一直在發抖；他向我們證實事情不會錯。他說，他是民國三十四年來台，三十八年從軍中退伍，不久就到極樂殯儀館做「土公仔」；他記得當年殯儀館把屍首載來的時候，是棺材與碑石一同來的；每一具棺材的薄板上都用粉筆寫著名字，碑石上也打刻了名字；他說，他是一個一個核對後處理的。當年他每埋一具屍體，殯儀館就給他七十元；他又說，當時他還請了四個助手；如今，這些助手已死了兩個，一個中風，不會說話了；只剩一個見證人。……

那個姓盧的貓仔的話，終於澄清了我大哥的疑慮；這樣，對我來說，事情也終於明亮了。

圓盆

那個貓仔後來又帶我們到另外兩個當年埋葬被槍決的、無主政治犯屍身的現場；經過一些難友的挖掘，最後一共找到二百零一個立有碑石的墓塚。

因爲忙著處理這些事，找到我哥的風水以後，我也沒有心情給他撿骨；一直要到這些事情告一段落以後，我才選了個日子給他撿骨，然後載回銅鑼老家。

一九九四年十二月十二日，我和我兩個哥哥才又把二哥的遺骨，葬在我爸和我媽墳頭預留的墳穴；終於圓滿了我爸我媽生前的心願。

注釋：

①羅坤春，苗栗銅鑼人，徐慶蘭公學校的同班同學；二二八事變後，因參與苗栗治安隊而被捕，在大直訓導營囚禁半年；返鄉後不久，經同學曾永賢吸收，加入蔡孝乾領導的地下黨，推動地方的農民運動。

②據安全局機密資料，徐慶蘭大約是在一九五二年二月間，與黃逢開同時被捕。

③兩條一項，意指「懲治叛亂條例」第二條第一項，凡是「犯刑法第一百條第一項、第一百零一條第一項、第一百零三條第一項、第一百零四條第一項之罪者，處死刑。」

④江先生，名為江德乾，先後娶郭琇琮的姐妹為妻；為人樸實，怕事；其弟江德興，畢業於名古屋醫科大學，抗戰時曾為某蒙古親王醫病，人稱「蒙古醫生」；後來，因牽連所謂「洪國式組織叛亂案」被槍決。

⑤殷啓輝，江蘇人，上海暨南大學畢業，一九四七年十月來台，任職竹東林場林產管理局課員，一九五二年八月八日被槍決。

INK PUBLISHING
文學叢書 074

紅色客家庄——大河底的政治風暴

作　　者　藍博洲
總 編 輯　初安民
責任編輯　施淑清
美術編輯　許秋山
校　　對　施淑清　藍博洲

發 行 人　張書銘
出　　版　**INK**印刻出版有限公司
台北縣中和市中正路800號13樓之3
電話：02-22281626
傳真：02-22281598
e-mail:ink.book@msa.hinet.net
法律顧問　漢全國際法律事務所
林春金律師

總 經 銷　成陽出版股份有限公司
訂購電話：03-3589000
訂購傳真：03-3581688
http://www.sudu.cc
郵政劃撥　19000691　成陽出版股份有限公司
印　　刷　海王印刷事業股份有限公司

出版日期　2004年12月　初版
ISBN 986-7420-40-3
定價　220元

國家圖書館出版品預行編目資料

紅色客家庄大河底的政治風暴／
藍博洲 著.－－初版，
－－臺北縣中和市：INK印刻，
2004〔民93〕面；　公分（文學叢書：74）

ISBN　986-7420-40-3（平裝）

857.85　　　　93020729

K INK INK INK INK INK INK IN
INK INK INK INK INK INK INK
K INK INK INK INK INK INK IN
INK INK INK INK INK INK INK
K INK INK INK INK INK INK IN
INK INK INK INK INK INK INK
K INK INK INK INK INK INK IN
INK INK INK INK INK INK INK
K INK INK INK INK INK INK IN
INK INK INK INK INK INK INK
K INK INK INK INK INK INK IN
INK INK INK INK INK INK INK
K INK INK INK INK INK INK IN
INK INK INK INK INK INK INK
K INK INK INK INK INK INK IN
INK INK INK INK INK INK INK
K INK INK INK INK INK INK IN
INK INK INK INK INK INK INK
K INK INK INK INK INK INK IN
INK INK INK INK INK INK INK
K INK INK INK INK INK INK IN
INK INK INK INK INK INK INK
K INK INK INK INK INK INK IN
INK INK INK INK INK INK INK
K INK INK INK INK INK INK IN
INK INK INK INK INK INK INK
K INK INK INK INK INK INK IN

INK INK INK INK INK INK INK
NK INK INK INK INK INK INK
INK INK INK INK INK INK INK
NK INK INK INK INK INK INK
INK INK INK INK INK INK INK
NK INK INK INK INK INK INK
INK INK INK INK INK INK INK
NK INK INK INK INK INK INK
INK INK INK INK INK INK INK
NK INK INK INK INK INK INK
INK INK INK INK INK INK INK
NK INK INK INK INK INK INK
INK INK INK INK INK INK INK
NK INK INK INK INK INK INK
INK INK INK INK INK INK INK
NK INK INK INK INK INK INK
INK INK INK INK INK INK INK
NK INK INK INK INK INK INK
INK INK INK INK INK INK INK
NK INK INK INK INK INK INK
INK INK INK INK INK INK INK
NK INK INK INK INK INK INK
INK INK INK INK INK INK INK
NK INK INK INK INK INK INK
INK INK INK INK INK INK INK
NK INK INK INK INK INK INK
INK INK INK INK INK INK INK